JN253505

飴色恋膳

ameiro koizen

お盆で顔を隠し、触れるだけのささやかなキスを。
唇にほんのりと移る桃の香りが、これからのしあわせな日々を約束していた。

飴《あめ》色《いろ》恋《こい》膳《ぜん》

宮《みや》本《もと》れん

ILLUSTRATION：北《きた》沢《ざわ》きょう

飴色恋膳

LYNX ROMANCE

CONTENTS

飴色恋膳

ジリリリ……。

どこか遠くで目覚まし時計のベルが鳴っている。

頭の上へ手を伸ばし、見事に空振《からぶ》りした手を横へ横へ。それでも音は止まる気配もなく、とうとうベッドから起き出すことになった。

狭い六畳のワンルーム。

その真ん中に据《す》えられたコタツ兼テーブルの上で、目覚まし時計が我がもの顔で鳴り響いている。

寝起きが悪い自分へ課したセルフ試練だ。

なんだってあんなとこに置いたんだ、昨日の俺は……。

心の中で文句を言いながらパイプベッドを這《は》い出し、やっとのことでベルを止めた朝倉淳《あさくらじゅん》は、髪を掻《か》き上げながら「ふあ…」と大きな欠伸《あくび》をした。

「もう朝かー……」

ついさっき横になった気がするのに、時計の文字盤はいつものように七時ちょうどを指している。

眠りが浅いのは毎度のことだがここのところはそれが顕著《けんちょ》だ。ならいっそ、ぱっと目が覚めてくれればいいのにそううまくもいかないらしい。

「は…っ、くしょん！」

追い打ちをかけるようにくしゃみまで飛び出し、今度はティッシュボックスに向かってずりずりと畳《たたみ》を這う羽目《はめ》になった。

今年の夏は、これでもかというほどの酷暑だった。うだるような暑さはいつまで続くことやらと思っていたのに、いつの間にか涼しくなり、朝夕などタオルケット一枚ではくしゃみまで出る始末だ。子供の頃は一日一日が長かったのに、大人になると家と会社の往復に明け暮れて、気がつくと年があらたまっていたりするから恐ろしい。

その上、寝ている時に見る夢まで仕事のことだったりして、気の休まる暇《ひま》もない毎日だ。

これがバリバリ仕事をこなすエリートの台詞《せりふ》なら少しは格好もつくだろうに、淳はまだ会社に入って三年目という、ごくごくぺーぺーの平社員だ。それでも二十五年間生きてきて今が一番多忙であることは間違いなかった。

「うー。これ、風邪《かぜ》じゃないよな」

洟《はな》をかみながらひとりごちる。

そのせいで会社を休むことにでもなったら大目玉だ。なにせ今は繁忙期《はんぼうき》。猫の手も借りたい、いやもう猫だろうと鼠《ねずみ》だろうと、手伝ってくれるならよろこんで掻き集めたいほどの忙しさなのだ。そんな時に休んだりしたら殺される。

だから、これは気のせいだ。大丈夫だと思えば多少のことはなんとかなる。これまでだってそうしてきたし、とにかく今は這ってでもこの怒濤《どとう》の修羅場を乗りきらなくては。

思わずこぼれ落ちそうになったため息をごくんと呑《の》みこみ、素早く身支度《みじたく》を整えると、淳は急いでワンルームのアパートを飛び出した。

淳が勤めているのは大手電機メーカーだ。

全国にいくつか工場があり、淳のいる横浜拠点《よこはまきょてん》では主に家庭用の美容スチーマーやドライヤーを開発、生産している。

白物《しろもの》と呼ばれる家電製品の中でも、自宅でエステ感覚でできるケア商品の需要が伸びてきており、そこに重点的に商品を投入するということで、淳が入社する時に新たに拠点が開設されたのだった。

淳はここの販促部でプロモーションを担当している。

プロモーションというと、広告や宣伝を扱う関係で一見華やかそうだが、実際はそう華々しいものではない。

いち早く新製品を試せるという点では確かに役得かもしれないが、男の淳に美顔器はいらないし、髪も洗いっぱなしなのでドライヤーも不要だ。タレントを起用する時は芸能プロダクションと話をすることもあるけれど、間に広告代理店に入ってもらっているので、あわよくば芸能人と友達になる……なんてことも起こらない。

なにより、担当しているのが製品カタログやチラシといった印刷物系なので、作業としては地味もいいところだ。仕様と原稿を突き合わせて、少しでもその魅力が伝わるように文章をアレンジしたり、比較写真を工夫したりと試行錯誤《さくご》をくり返している。

開発者たちが頑張って作った商品なのに、淳のプロモーションが下手だったせいでお客さんに手に取ってもらえなかったらと思うと責任重大だ。もちろん、上司や関係部門のＯＫが出てはじめて原稿は印刷工程に回っていくのだけれど、最初の段階で狙《ねら》いがしっかりしていることが肝心なのだ。

なにせ、カタログひとつ作るだけでとんでもない費用がかかる。全国の家電量販店に置いてもらうだけあって印刷する部数も大変なものだ。その上ひとつの誤植も許されないという、繊細《せんさい》な心の持ち主なら三ヶ月で倒れるであろう胃の痛くなるような業務なのだった。

そのせいだろうか。

どうも、入社してからどんどん身体《からだ》の調子が悪くなっているような気がする。

平日は毎日が残業。土曜も半分は休日出勤や持ち帰り仕事で潰れ、日曜ともなれば爆睡《ばくすい》しているうちに終わってしまう。結局は寝すぎて疲れてしまい、休んだ気にならないのもいつものことだった。

今はカタログ制作の終盤だというのに原稿の差し替えが相次ぎ、まさに戦場のような有様《ありさま》だ。もともとギリギリの人数で回していた現場から半年前にひとり異動で抜けてしまい、その穴を時間外労働でなんとか補っている。

おかげで身体があちこちミシミシいうし、肩や腰も慢性的な痛みに悩まされている。朝から晩まで机に貼りついていれば無理もないとはいえ、最近ではそこに頭痛も加わるようになってしまった。

「痛《い》たたた……」

会社のエレベーターに乗りこみながら、人差し指と中指を揃えて眉間《みけん》をグイグイと揉《も》み解《ほぐ》す。

ふと、エレベーターの鏡に映《うつ》った自分が疲れた中年オヤジのように見えて、なんだかすごく悲しくなってしまった。

身長一六六センチと小柄《こがら》な上、昔から筋肉のつきにくい体質のせいで身体はモヤシのようにヒョロヒョロと細く、ちっとも男らしく見えないのが悩みだ。「苦み走ったいい男に憧《あこが》れる」だなんて口に出すのも憚《はばか》られるほどの童顔で、おまけにふんにゃりとした茶色の猫っ毛はどんなハードワックスをつけても立ち上がる気配すらない。

この覇気《はき》のなさたるや、今の自分そのものだ。思わず遠い目になってしまう。

――こんなはずじゃなかった……。

はぁ、とため息をひとつ。

やる気満々で入社したからにはバリバリと仕事をこなし、上司の覚えめでたく、かわいい彼女なんかもできたりして、仕事に恋にと充実した毎日を送るはずだったのだ。

それがどうだ。

辛うじて彼女こそできたものの、多忙を理由に放っておいたら「私のことなんて好きでもなんでもないんでしょ」とあっさりフラれてしまった。その後は二度ほど合コンをドタキャンして誘われもしなくなり、実に寂しく今に至る。

「はあぁ……」

そりゃため息も出るというものだ。

いつものように販促部のドアを開けると、すぐに同期の矢代《やしろ》が「おはよう」と声をかけてきた。

「……おはよう」

「お？　朝倉、元気なくない？」

「なんか、こんなはずじゃなかったってこととか、いろいろ考えてたら虚《むな》しくなってさ……」

「おまえは気にしぃだからなぁ。月曜の朝っぱらから気が重くなるようなこと考えるなんて、立派なマゾだぞ、マゾ」

「そこまで言わなくてもいいじゃん」

「じゃあ、普通のマゾ」

「普通のマゾってなんだよ……」

呑気《のんき》に笑う矢代に形だけ渋面《じゅうめん》を作ってみせる。

思ったことをズバズバと口に出す矢代は、淳とは性格が正反対だ。あんなふうに自分の意見を言えたらと見ていて思ったことは数えきれない。

それでいて案外気を遣《つか》う男で、さっきのように顔を合わせるなり体調を気遣ってくれるなど面倒見のいい一面もある。淳にとっては気の置けない貴重な存在なのだった。

「それより朝倉、聞いてくれよ。昨日遊びに行ったんだけどさ」

「あぁ、彼女できたんだっけ？」

「そうそう」

確か一ヶ月前に元彼女と破局して、つい先週には合コンでお持ち帰りを成功させたと聞いていた。

そんなフットワークの軽さも自分とはまるで違う。

「調子に乗って呑みすぎたらしくて、家帰ったとこまでは覚えてたんだけどさぁ。気がついたら俺、玄関で寝てたわ」

「は？」

「寝違えて首が痛いのなんのって。それにあれだな、玄関って寒いのな。風邪引いたかもしんないわ」

「ちょ、……ほんとに？」

今時、新歓コンパで浮かれる大学生ですらそんな失態は犯さないんじゃないだろうか。

顔を顰《しか》める淳をよそに、矢代は「いやー、鼻水止まんねーな」と景気よく洟をかんでいる。事情は違えど今朝の自分を見ているようで、ついついぷっと噴《ふ》き出してしまった。

「残念なイケメンだなぁ、矢代」

「失敬な。残念て言うな。それにあれだろ、うちの部じゃイケメンはあの人のためにある言葉だろ」

自分の席に座りながら目で示された方に顔を向ける。

そこには、すらりとした長身の男性がひとり立っていた。

「あぁ、清水《しみず》さんか」

日頃の激務に耐え兼ねた矢代が「人を増やしてくれ」と課長をせっつき、三ヶ月前から来てくれるようになった契約社員の清水貴之《たかゆき》だ。

正社員の淳たちとは違い、十五時までの短時間勤務をしている彼は主に校正やエビデンス管理などの細かな仕事を担当している。俗に言う「きっちりやらないといけないけれど、面倒なのでできれば誰も手を出したくない仕事」というやつだ。

それでも貴之は嫌《いや》な顔ひとつせず、それどころか、むしろ楽しむようにテキパキと仕事をこなしている。物腰のやわらかさに加え、そうした前向きさはすぐに部外の人間にも知れ渡ることとなった。

なにせ、貴之は目立つのだ。

一八五センチはあるだろう長身ながら、威圧感のようなものはなく、おだやかな性格もあいまってスマートという言葉がぴったりくる。髪や肌はよく手入れされていて清潔感があり、涼やかな容姿《ようし》の中、深い森のように澄んだ黒い瞳が印象的だった。

眼差《まなざ》しはアルミフレームの眼鏡《めがね》に阻《はば》まれ、表情を隠す時もあったけれど、そんなところもミステリアスでいいと他部署の女性陣には大変支持されているらしい。

淳にはよくわからない世界だ。

そして、隣の矢代も同じことを考えていたらしい。

「掃《は》き溜めに鶴《つる》とまで言われたもんなー」

「確かに、あれはすごかった……」

販促部はいくつかのチームにわかれており、淳たちがいるグループには課長と先輩社員がひとり、そして矢代と淳という男所帯なのでそこにさらに男が増えようと色めき立つことはないのだけれど、よその部門では「イケメンが来た！」と、それはそれは噂《うわさ》になったのだそうだ。

男性の契約社員自体が珍しいこともあり、他部署の女性たちがなにかと用事を作ってはこの部屋を訪れたし、仕事柄繋《つな》がりの多い企画部の女性らが「歓迎会」と称して貴之を誘っているのを見たのも一度や二度ではなかった。

「あんなにモテるくせに、いまだに噂らしいもんは聞かないよな」

「もうすでにかわいい彼女がいたりして……そんでラブラブだったりして……」

「うらやましそうな顔すんなって」

「彼女持ちに言われたくないよ」

肘で小突き合っているとすぐに始業の時間になり、朝礼がはじまる。

といっても大層なものではなく、連絡事項と今日一日のスケジュールを確認し合うだけの簡単なものだ。予定表をめくった矢代は、そこではじめて朝イチの会議が入っていたことを思い出したらしく、朝礼が終わるなりティッシュボックスを抱えて出ていった。

それと入れ替わるようにして貴之がやってくる。

「朝倉さん。すみませんが商標のことで……」

そう言いかけて、貴之は「おや」というように小首を傾《かし》げた。

「私の気のせいなら申し訳ありませんが、顔色があまりよろしくないようですね」

「え？　そう見えます？」

ついさっき、矢代にも元気がないと言われたばかりだ。そんなにうじうじ思い悩むほどのことではないつもりだったのに。

「それに最近、ため息も多いようですが……。なにかお悩みのことでも？」

「ぜ、全然っ」

心の中を読まれているようで内心「ヒェッ」となりながら、ぶんぶんと大きく首をふった。

それにつられて頭痛が再発する。こんなふうに急に動いたりすると、目の奥がズキズキと痛むのだ。

無意識のうちに眉間に力を入れる淳を、貴之が心配そうに覗《のぞ》きこんだ。

「無理なさらない方がいいですよ、と言いたいところですが……今の状況では難しいですよね。私もなるべくお手伝いしますので、遠慮なく仕事を回してください」

「いや、そんな、そこまでは……」

「困った時はお互いさまです。できるだけお役に立てるように頑張りますので」

そう言って貴之はおだやかに微笑《ほほえ》む。

曇りのない笑顔を見上げているうちに、女性たちの気持ちがほんのちょっとわかってしまった。

——外見だけじゃなく、中身までイケメンなんだよなぁ……。

確か三十一歳だと言っていたから、自分よりは六つも年上だ。

それなのに新参者だからか、派遣社員という立場からか、貴之は敬語を崩すことなく常にていねいに接してくる。彼の場合はそれがかえって大人の余裕のように感じられるから不思議だった。

「季節の変わり目で体調を崩しやすい時期ですからね。朝夕はずいぶん涼しくなりましたし」

「俺も今朝、盛大なくしゃみが出て焦《あせ》りました。矢代と違ってちゃんと布団《ふとん》で寝てたのに」

貴之が不思議そうに首を傾げる。説明したいのは山々だけれど、同僚の失敗談を披露《ひろう》するのも気の毒だろうと淳は笑ってごまかした。

「ええっと……それより、なんでしたっけ。商標のことでしたっけ」

「はい。新規機能に名称をつける場合、商標登録にどういった手続きが必要かを確認させてください。ネーミングの案出し、調査の仕方やそれにかかる費用決裁、関係者のオーソライズ、それから全体の日程感です」

すらすらと言葉が出てくるところにむしろ感心してしまう。

「よくマイルストーン知ってますね。前に誰かの作業手伝ったりしました？」

「いえ。資料や決裁書を追いかけて、おそらくこんな流れかと予想してみたのですが……合っていますか？」

貴之がシャイな少年のようにはにかみ笑う。「バッチリです」と頷《うなず》いてやると、ほっとしたように笑みを濃くした。

控《ひか》えめな美徳が備わった人だと思う。そして、急流に立つ葦《あし》のように周囲と折り合いをつけながらすっくと立ち続けるだけの力を持つ。そんな相手にレクチャーを行いながら、淳はつくづくと貴之について考えた。

その貴之は、教わったことをメモに取りながらその都度《つど》細かな確認を挟《はさ》んでくる。そのあまりに的を射た質問に、もしかして以前にも教えたことがありましたっけとつい訊《たず》ねてしまったほどだ。

「そんな失礼はできません」

貴之が形のいい眉《まゆ》を下げる。

「でもなんで、やったこともないのにそんな細かいことまで思いつくんです？」

先輩や課長に助けを求めながらなんとか乗り越える自分とは大違いだ。

貴之は「そうですねぇ」と少し考えるように小首を傾げた。

「はじめての仕事をする際は、それがどんな手順で行うものなのか、それぞれの工程にどのくらいの時間がいるのか、自分以外の人の手はどの程度必要なのかを整理してから取り組むようにしています。整理をはじめると大抵わからないところが出てくるものなので、それをメモしておいて、まとめて教えていただいているだけです」

「……」

なんという計画的な……。

なんでもないことのように言っているけれど、淳からしたらもはや別次元だ。

唸《うな》っているのがおかしかったのか、貴之はくすくすと笑った。

「料理をするのと同じですよ。材料と作り方はあらかじめ確認するでしょう？」

「うーん。料理って言われると、俺にとってますます未知の領域ですね」

「朝倉さんは確かおひとり暮らしでしたよね？　自炊されないと夕食も大変でしょう」

「まぁ、だいたいはコンビニです。……って言っても、弁当が残ってるうちに帰れれば、ですけど」

平日はいつも遅いし、終電で帰ったりするとアパート近くのコンビニにはもはや選択の余地はない。それでもなにか手に取れればいい方で、ひどい時は三夜連続カップ麺《めん》なんてことになったりもする。

「もうコンビニのラーメン制覇《せいは》しそうな勢いですよ。陳列《ちんれつ》の回転が速いから助かってますけど」

「なんと……」

貴之はこんな世間話にも律儀《りちぎ》に顔を顰めてみせた。それからそんな自分に気づいたのか、少し遅れて「すみません」と照れ笑いをする。

「できれば野菜も一緒に召し上がってくださいね。疲れは完全には取れないでしょうが、症状の緩和《かんわ》には役立ちますから」

「サラダとかでも？」

「ええ。立派なものです」

にっこりされると、それだけでなんだかいいことをしたような気分になってしまうから不思議だ。できるだけ気をつけてみると言うと、貴之は安心したように頷いた。

そんなおだやかなところといい、仕事を料理に喩《たと》えるところといい、貴之は常にやわらかな雰囲気を纏《まと》っている。毎週のようにデートだなんだと浮かれている同僚とは別次元の人のようだ。

まぁ、ズボラな俺ともだいぶ違いそうだけど……。

心の中でため息をついていると、ちょうど電話を終えたところらしく、課長が大きな声で貴之を呼んだ。

「おーい、清水くん。ちょっと」

「はい。……朝倉さん、ありがとうございました。またなにかありましたらご相談させてください。それから、あまり無理をされませんように」

貴之はていねいに礼を言うと、すぐに課長のデスクに向かっていく。

「昨日頼んだやつ、できてるかな。会議の前にちょっと見ておきたいんだが」

「はい、こちらに」

貴之は印刷した書類の他に、エビデンスとしてさりげなく別ファイルを添える。

「ご参考までに、他社のプロモーションワードと店頭の展開手法、期間を一覧にしておきました」

「おっ、そんなこともやってくれたのか。似たような商品が多いからな、売り場で差別化するために洗い出さないとと思ってたんだ。いや、助かるよ。ありがとう」

その声を聞いたらしい先輩社員である恩田《おんだ》も「なんだなんだ」と席を立つ。販促一筋十年の彼は、課長が無理を言って引っ張ってきたという腕の立つ人物だ。

その恩田が、貴之の資料を見るなりぱっと表情をあかるくした。

「これ、俺もほしい！　ちょうどＣＭに使うタレントイメージを整理してたとこだったんで、ワードもあると助かるんですよね。他社とタレント被りだけチェックしてるとどっかに穴がありそうで」

「あぁ、そうだな。清水くん、これ部内に展開してくれるか。営業部にも」

「承知しました」

「それと、この資料も問題なさそうだ。サーバーに入れておいてくれ。あとはミーティングで議事録を頼むよ」

「了解です」

すべてがトントン拍子に進んでいくのを、淳はぽかんとしながら見遣《みや》るばかりだ。

自分ではまずこうはいかない。大抵の場合は書類の修正を命じられるし、誤字脱字の直しも含めれば一回で済まないことも まま ある。

ましてや、あんなふうに「実はやっておきました」なんてものまでとても手が回らないし、できたとしても抜けや偏《かたよ》りが多くてそのままでは使いものにならないだろう。

それがどれだけすごいことなのかは、課長や恩田の反応を見ればわかる。

実際のところ、彼らが貴之の仕事ぶりにお墨《すみ》つきを出すまで、貴之が派遣されてきてから一ヶ月もかからなかった。

あれがいわゆる、デキる男ってやつだ。

天は二物を与えずというけれど、貴之には外見も、内面も、そして仕事の面でも申し分ない才が与えられていると思う。うらやましいと思わなくはなかったが、そのどれかひとつを自分に与えられたとしてもちぐはぐになってしまうだろうから、これはこれでいいのかもしれない。

結局、解決にはなってないんだけどさ……。

ふう、とひとつ嘆息《たんそく》し、淳は自分の仕事に取りかかりはじめた。

ようやく仕事が一段落した十五時少し前、淳は缶コーヒーを買いに席を立った。疲れた時ほど甘いものがほしくなるもので、今日はこれで三本目だ。砂糖を摂《と》りすぎなのはわかってるけれど、ちょっとしたストレス解消にもなっていてなかなかやめられそうにない。

自動販売機に小銭を入れ、気休めとばかりに『微糖』のボタンを押す。ガシャン！ と大きな音を立てて落ちてきた缶を取り出していると、やってきた貴之に声をかけられた。

「先ほどは大変でしたね」

労《いたわ》るような目を向けられ、淳は思わず苦笑する。

淳が担当している製品カタログの原稿に不適切な表記が見つかったのだ。まだまだ修正がきく段階だったので、それ自体は大きな問題ではなかったのだが、その理由を巡って技術部と企画部が真っ向から対立した。

仕様は明記すべきだと主張する技術部に対し、企画部は一般ユーザーに伝わらない専門用語は使うべきではないと反論した。その間に立たされたのが販促部だ。双方が淳に向かって己の意見をぶつけるものだから、それぞれの愚痴《ぐち》の相手までさせられてほとほと疲れてしまった。

「まぁ、どっちの話もわかるだけに難しいけど……。最後はお客さんに手に取ってもらってナンボの世界ですからね」

「ご調整お疲れさまでした」

「いえいえ、俺なんてなにも」

なんとか着地点を見出したので一件落着ではあるのだが、おかげで昼前後に確保していた作業時間が丸ごと飛んだ。今夜も残業確定だ。

せめて終電に間に合いますように……。

そんなことを考えながらプルトップを開けていると、貴之がペットボトルのフィルムを剝《は》がしているのが目に入った。捨てる前に分別が義務づけられているのだ。

「珍しいですね。いつも、お弁当と一緒に水筒持ってきてませんでしたっけ？」

「あぁ、これですか」

貴之は手にしていたミネラルウォーターのボトルをチラと見るなり、困ったように眉を下げた。

「いつもは自分で煎《い》れたお茶を持参しているのですが、その話をしたら皆さん興味を持ってくださったようで……。おわけしているうちになくなってしまいました」

「もしかして、昼前に囲まれてたのって……」

ちょうどカタログ問題が勃発《ぼっぱつ》したので詳しくはわからなかったが、貴之が女子軍団に取り囲まれているのは少し離れた会議コーナーからもよく見えた。

「試飲大会してたんですか」

「図らずとも」

それで自分は水を買って飲んだなんて、どんなお人好《ひとよ》しなんだ、この人は。

「そんなに珍しいお茶だったんですか？」

「黄金桂《ホアンジングイ》という烏龍茶《ウーロン》です」

「烏龍茶って、どこでも普通に売ってますよね」

「まぁ、日本では少々珍しい種類かもしれません」

なるほど。女性たちはその珍しいお茶をきっかけにして、貴之と親しくなろうという作戦だったのだろう。

女って怖い……と呆《あき》れる淳に、貴之は慌《あわ》ててつけ加えた。

「黄金桂は金木犀《きんもくせい》のような香りがするんです。それで、興味を持ってくださったのかもしれません」

わかったような、わからないような。そもそも金木犀と言われてもどんな花かすら思い出せない。

それ以前に、烏龍茶に種類があること自体初耳だ。

「清水さん、詳しいんですね」

「ええ。昔ちょっと縁がありまして……」

「明日もまた試飲させてーって来たりして？」

「それは困りますね。明日は普通のものにしておきましょう」

貴之は戯《おど》けるように言ってから、おだやかに微笑んだ。

たぶん、中身がなんでも関係ないと思うけど……。

女性陣とは対照的に、ここできっかけを作って、あわよくばそのうちの誰かとつき合う……なんてこの人はきっと考えもしないんだろう。それどころか、向こうからの誘いもすべて断っているらしい。淳としても女性の方からグイグイ押されるのはあまり得意ではないので、それだけはわからなくもないけれど。

「それでは朝倉さん。お先に失礼します」

「あ、はい。お疲れさまでした」

帰っていく後ろ姿を見るともなしにぼんやりと見送る。

女性たちからのアタック同様、正社員登用の話も貴之は辞退したと聞いたことがある。誰にでも礼儀をもってていねいに接しているけれど、プライベートには立ち入らせず、毎日きっちり十五時に帰る貴之はなんとなく不思議な存在だった。

なにせ、彼のことを知る機会がない。部署の歓迎会ですらやんわり断られたくらいだ。無理強《じ》いをするわけにもいかず、その後は仕事のつき合いという距離を保っている。

いろいろ気になることはあったけれど、本人も深くは話さないし、あまり聞かれたくないのだろう。それを詮索《せんさく》するのは失礼というものだ。

「そんなことより仕事だ、仕事」

すっかり油を売ってしまった。これでは終電を逃してしまうかもしれない。

淳は慌ててコーヒーを飲み干すと、缶を捨て、足早に部屋に向かって歩きはじめた。

＊

珍しく、すっきりと目が覚めた日曜日。

いつもなら夕方まで惰眠を貪《むさぼ》るところだが、比較的早い時間に帰った昨日、風呂上がりにことんと寝たおかげで充分睡眠を取ることができた。毎日のように悩まされている頭痛も今朝は感じない。

それでも、明日からはまた仕事漬《づ》けの一週間がはじまるのだけれど。

「……考えただけで頭痛しそう」

いつもの癖《くせ》で眉間に手を持っていきそうになり、そんな自分に気づいて淳はやれやれと嘆息した。

なんにせよ、こんな休日は滅多《めった》にない。天気もよさそうだし、気ままにぶらぶら歩くにはうってつけだ。

長袖のTシャツの上にネルシャツを引っかけ、色落ちしたデニムにスニーカーを合わせると、淳は大切にしている一眼レフを手にアパートを出た。

このカメラは、大学時代にアルバイトをして手に入れた宝物だ。

もともと写真に強い興味を持っていたわけではなかったのだけれど、入学式後のサークルオリエンテーションで写真部に勧誘され、なんとなく部室に顔を出すうちに気がついたら入部していた。

カメラのカの字すら知らなかった淳も、教わっているうちにおもしろさに目覚め、ついには自分の愛機まで手に入れた。唯一の趣味とも言える風景撮影はいまだに続けていて、卒業後もこうして時間を見つけてはちょくちょく撮《と》りに出かけている。

といっても、淳の場合はコンクールに出品したり、写真展を開いたりといった表立った活動はしていない。なにせ目立つのは性《しょう》に合わないので、あくまで個人の趣味といったところだ。

今日はどんな画《え》が撮れるだろうか。

考えただけでわくわくする。たまには非日常的なものもいいかと、数駅ほど電車に揺られて石川町《いしかわちょう》の方まで足を伸ばした。

中華街《ちゅうかがい》からは、近づいただけでぷうんと香辛料の香りが漂ってくる。日本人にはいささか馴染《なじ》みの薄い、中華料理独特の匂いだ。

まだお昼を少し過ぎたくらいだというのに、そんな異国情緒《じょうちょ》あふれる通りには観光客がわんさと押し寄せていた。

珍しい土産物《みやげもの》を物色する人、大きな豚まんにかぶりつく人、天井から吊るされた北京《ペキン》ダックに歓声を上げている人など、どの顔も生き生きとして楽しそうだ。蒸籠《せいろ》の中でもうもうと湯気を立てている豚の角煮まんを見ているうちに、つられて手を伸ばしてしまいそうになった。

「でも、あれひとつは多いもんなぁ」

胃の状態からすると、誰かと半分こするくらいでちょうどいい。

どうも最近、味の濃いものや、こってりしたものを食べると胃が重たくなるのだ。毎夜のコンビニ弁当も取捨選択《しゅしゃせんたく》できるうちはいいのだが、残っているのが唐揚《からあ》げ弁当やとんかつ弁当だったりすると間違いなく翌朝胃の不調を抱えながら出勤する羽目になる。

遅い時間に食べるのも身体に悪いとわかってはいるけれど、それればかりはどうにもならないので、せめて休みの日ぐらいは胃を労ってやらなければ。

まだ歳だとは思いたくないけどさ……。

考えただけで悲しくなる。

後でおいしいお粥《かゆ》でも食べようと自分を励ましながら、淳は路地裏に足を向けた。

にぎやかなメインストリートから二筋《ふたすじ》も離れると、途端《とたん》に観光客の姿はパタリと途絶える。歩いているのはそこに店を構えている主人か、この場所に通って久しいもの、あるいは淳のように気ままに散歩している人間くらいだ。

古い通りに、増改築をくり返したと思《おぼ》しき家々。くねくねと入り組んだ建物の隙間を、時々思い出したように猫がすり抜けていく。

淳が好きなのはこんな風景だ。

決して華やかではないけれど、おだやかで、ほんの少し自分の日常とは違う景色。それらをレンズ越しに眺《なが》めながら夢中でシャッターを切っているうちに、気がつけば問屋街まで来ていた。

路地が終わり、道が開ける。

このあたりは食材の専門店がひしめき合っている。

店の前に並んだ大きなビニール袋には、乾物《かんぶつ》と思しきものがぎゅうぎゅうに詰められていた。色も形も様々で、もとがなんなのか淳には想像もつかない。やけに黒くグロテスクだったりと、直視するのも恐いくらいだ。

おっかなびっくりその脇を通った淳は、ふと、道の先に見覚えのある人物を見つけて足を止めた。

「あれ……？」

飛び抜けて目がいいわけではないが、あの長身や身のこなしには見覚えがある。

「やっぱり。清水さんだ」

ちょうど店から出てくるところだったようで、主人と楽しそうに話しながら入口までの見送りを受けていた。

「へぇ。なんか新鮮」

会社の人間と休日に鉢《はち》合わせるなんてはじめてのことだ。矢代と呑みに行くことはあっても、他のメンバーのプライベートに接する機会なんて滅多にない。

珍しさも手伝って、淳はカメラにレンズカバーを被せると、再び貴之の方に目を向けた。

店構えの感じからいって、中国茶の専門店だろう。

そして貴之の手には店のロゴが入った紙袋がふたつ。ここでお茶を買ったのかもしれない。

そういえば、彼が女性たちにわけてやったという烏龍茶……名前はすっかり忘れたけれど、貴之はそれを日本では珍しいと言っていたから、こういう専門店で手に入れたものだったのだろう。

「なるほどなぁ」

よっぽどお茶が好きなんだろうな……。

ふむふむと頷いていると、店主との話が一区切りついたのか、貴之は店の中に向かって一言呼びかけた。

すると、小さな男の子が駆け寄ってきて勢いよく貴之の腰に抱きつく。思わずよろめきかけた貴之が「こら」と軽く諌《いさ》めると、男の子はぺろりとかわいい舌を出して笑った。

やんちゃ盛りの元気そうな子だ。長身の貴之と並ぶとその背は鳩尾《みぞおち》までも届かない。

貴之は店主に挨拶《あいさつ》し、男の子にも一礼させると、揃ってこちらに身体を向けた。

「……あ」

淳と目が合った途端、貴之が驚いたように切れ長の目を見開く。

けれどそれも一瞬のことで、すぐに照れ笑いに変わった。

「こんにちは、朝倉さん。こんなところでお会いするとは……」

「ですよね。俺もびっくりしました」

会釈《えしゃく》を返しながらすぐ前まで歩いていく。

「会社にいらっしゃる時とはだいぶ印象が変わりますね。学生さんかと思いました」

「え？　あ……」

自分の格好を見下ろした途端、頬が熱くなる。今日はひとりでぶらぶらするだけだからと気を抜いていたのが丸わかりで恥ずかしい。

思っていることがそのまま顔に出ていたのだろう。貴之は含み笑いながら「よくお似合いですよ」と目を細めた。

そんな貴之は黒いパンツに、品のいいカーキ色のシャツを合わせている。胸元にチャイナボタンを五つほどあしらった中国的なデザインだ。秋のはじめを思わせる落ち着いた色合いが泰然《たいぜん》とした彼によく似合っていた。

いつもの大人びた雰囲気に加えて、会社にいる時にはない色香《いろか》のようなものを感じ、同じ男ながらちょっとドキッとさせられる。まごついていると照れが勝ってしまいそうで、淳はとっさに思いついたことを口にした。

「ところでそれ、お茶ですか？」

「ええ。ストックが切れてしまいまして」

貴之はそう言って紙袋を持った手を掲げてみせる。

すると、それまで腰にじゃれついていた男の子が貴之の腕に両腕を絡《から》ませ、そこからぷらんとぶら下がった。

「こら、亮《りょう》。降りなさい」

声を上げている。その親しげなやり取りから、ふたりは親子なのだとピンときた。

はたまた貴之が内心慌てているのを見抜いてそれを茶化しているのか、楽しそうにきゃっきゃと笑い
貴之は「ほら」とか「早く」とか亮という男の子をせっついているが、相手の方が一枚上手《うわて》なのか、

「きちんとご挨拶なさい。できるでしょう？」

「やだー」


——女子軍団が知ったら卒倒モンだな……。

わけ隔《へだ》てなく誰にでもやさしい代わり、誰のものにもならない高嶺《たかね》の花が実は妻子持ちだった……

なんて知ったら、それこそショックで倒れる女性が出てきそうだ。かく言う淳だって驚いた。

年齢的には子供がいてもおかしくはないけれど、どうも会社での貴之のイメージと結びつかない。

しかもこんな大きな子がいたのかと思うとさらにびっくりだ。

「こんにちはー」

亮はようやく飽《あ》きたのか、腕から降り、淳に向かってぺこりと頭を下げた。

くりくりとした黒い瞳にきれいな黒髪。そんなところは貴之に似たのだろうか。

まさに貴之のミニチュア版とも言える亮がちんまりとお辞儀《じぎ》をする姿はとてもかわいくて、淳はつ
いつい頰をゆるませながら目の前にしゃがみこんだ。

「こんにちは。朝倉淳です。お父さんと同じ会社で働いてます」

「いつもおせわになってます……？　で、合ってる？」

「合ってる合ってる。よく言えたね」

「まぁね！」

褒《ほ》めてやると、得意げにふんとふんぞり返る。そんなところも子供らしくて微笑ましい。

「亮くん、何年生？」

「二年」

「へぇ。しっかりしてるなぁ」

「でしょー。なにせ一番弟子だからねー」

「弟子？」

「朝倉さん」

えっへんと胸を張る亮を後ろからやんわりと制しつつ、貴之が割りこんできた。

「朝倉さんは、今日はお散歩ですか？」

「え？　あぁ、まぁそんなもんです。カメラ片手にぶらぶらしようかと」

首にかけていた一眼レフを指す。

「写真が趣味でいらっしゃるんですか」

「全然大したことないんですけどね。……あ、よかったらおふたり撮りますよ。清水さんの私服姿は会社の皆も見てみたいんじゃないかなぁ」

カメラのレンズカバーを外そうとすると、それとなく貴之に止められた。

「せっかくですが……」

「場所、ここじゃない方がいいです？」

「いえ、その……」

珍しく貴之が言葉を濁《にご》す。

どうやらそういう問題ではないようだ。彼がチラチラと息子を気にするのを見ているうちに、遅まきながらその意味に気づいた。

仕事と私生活はきっちりわけていた人だ。プライベートに立ち入られるのが嫌なのかもしれない。

「すみません。俺、馴れ馴れしかったですよね」

カメラを下ろしながら頭を下げる。

そんな淳に、貴之は少し考えこむように眉を寄せてから、「いいえ」と首をふった。

「私の方こそ失礼しました。ご厚意で言ってくださったのに……」

路地裏の猫にちょっかいを出す亮を見遣りながら貴之が続ける。

「子供のことは部課長以外には打ち明けていないもので」

「それは、えーと……あまり知られたくないってことですよね」

「父子家庭はなにかとありますからね。興味本位で詮索されるのが苦手なのです。……あぁ、決して朝倉さんがそうだという意味ではありません。どうぞ誤解なさらないでください」

恐縮する貴之に、淳は首をふって応《こた》えた。

父子家庭ということは亮の母親、つまり、貴之に妻はいないということだ。

あぁ、だから……。

いつも十五時に帰っていた後ろ姿を思い出す。

同時に、あんなに仕事ができる彼が正社員登用の話を断ったことにも納得がいった。残業や出張の多い正社員と違って、勤務形態に自由がきく契約社員なら子育てしながらでも働きやすいのだろう。

こういったことに経験のない淳でも、なかなか複雑な事情がありそうだというのは理解できる。

「それじゃ、内緒《ないしょ》ってことにしましょう」

「内緒？」

「そう。誰にも言わないって約束します。清水さんはこれまでどおりで大丈夫ですよ」

貴之は驚いたようにじっとこちらを見下ろしてくる。

それにしても、今日はいろいろな表情を見る日だ。会社にいる時の彼とはずいぶんと印象が違う。深く澄んだ黒い瞳が真意を探るようにまっすぐ向けられ、吸いこまれそうになってしまった。

貴之がふっと息を吐く。

「朝倉さんは、とてもやさしい方ですね」

「……へ？　なんて？」

「よかったら家で夕食でもいかがですか。内緒にしてくださるお礼です」

「はぁ……」

これはまた、思いがけない展開になってきた。

お弁当派の貴之とは近所の定食屋すら一緒に行ったことがないのに、そんな段階をひょいと越えて自宅に呼ばれるとは思わなかった。

びっくりしている淳に、貴之がくすりと笑いながらカメラを指す。

「私の趣味は料理なんです」

「清水さん料理もできるんですか！ ……って、そうか。父子家庭って言ってましたもんね。てことはいつものお弁当も……？」

「ええ。お恥ずかしいのですが」

「マジすか！」

寝坊せずに会社に来るだけで精一杯の自分からしたら、出勤前に子供の世話をし、なおかつ自分の弁当を作るだなんて、できすぎにもほどがある。色とりどりのおいしそうなお弁当だって、てっきり彼を狙う女性たちが入れ替わり立ち替わり作っているのだと思っていた。

誰かの手料理なんて久しく食べてないなぁ……。

それを思うと無性に手作りの味が恋しくなる。

「いやでも、いきなりお邪魔するのも……」

「構いませんよ。お客様をお迎えするのには慣れていますから」

「あ、そう、なんですか……？」

わかったような、わからないような。

けれど、なお言い募《つの》ろうとするのを止めるように腹の虫が盛大に鳴ってしまい、淳は照れ笑いをしながら厚意を受けることとなった。


連れていかれたのは大きな一軒家だった。

赤煉瓦《れんが》造りのモダンな建物で、日本家屋とはだいぶ趣《おもむき》が違う。

「すごい立派なお宅ですね。清水さん、家が資産家とかなんですか？」

思わずつるっと言ってしまってから、その言い方もどうなのかと自分で自分にツッコミを入れる。

けれど貴之は意に介した様子もなく、一足先に駆けていく亮を目を細めて見送った。

「義兄《あに》が……、姉の夫が遺《のこ》してくれたんです」

「へぇ。お義兄《にい》さんが……」

貴之は言葉少なだ。詮索されるのが苦手だと言っていたから、あまり深く聞かない方がいいだろう。

「こちらにどうぞ」

そう言って案内されたのは、母屋とは別の小さな建物だった。

俗に言う離れというやつだ。五角柱の煉瓦造りの建物にはよく磨《みが》かれた木製のドアがついていて、ちょうど目の高さあたりに小さなステンドグラスが嵌《は》められている。

「さぁ、お入りください」

扉を開けられた途端、淳は驚きに目を瞠《みは》った。

「……う、わ………」

黒光りする木の床に、高い天井。中央には黒檀《こくたん》の円卓がひとつあり、厨房《ちゅうぼう》は黒いカウンターで仕切られている。貴之が壁のスイッチを入れると、天井から吊るされたモダンなシャンデリアが円卓に艶《あで》やかな光を投げた。

なんという非日常感。

「お店みたい……」

あまりの美しさに茫然《ぼうぜん》となる。

「ここは薬膳《やくぜん》レストラン――〈巴旦杏《はたんきょう》〉と申します」

「レストラン？」

「大切なお客様をおもてなしする秘密の場所です」

入口で立ち尽くしたまま動けないでいた淳は、にこやかに微笑む貴之に促《うなが》され、あれよあれよという間に円卓の椅子《いす》に腰を下ろした。

脚《あし》の部分にさりげなく螺鈿《らでん》をあしらったセンスのいい椅子だ。クッションも申し分なく、こうして座ってみると空間にすっと馴染んでいくような不思議な感じがする。

「ここは昔、私の姉夫婦が住んでいた家だったのです」

静かにそう言いながら貴之も同じように椅子にかけた。

「私とあの子とで受け継ぎました。それでも、ふたりで住むには広すぎますからね。離れの方は店舗《てんぽ》として使っているのです」

「でも、看板とかは……？」

家の前には表札があるだけで、それらしいものはなにもなかったように思うけれど。

「完全予約制、一夜一組限定なんですよ」

「宣伝は!?」

つい、いつものプロモーション目線になってしまう。

勢いこんで訊ねる淳に、貴之はおだやかに頷いた。

「幸いなことに、くり返し足を運んでくださるお客様や、その方からのご紹介を受けて訪ねてきてくださる方がいらっしゃいますので」

それを聞いて納得した。確かに、そういう客がついているのであれば、かえって大がかりな宣伝はしない方がいいかもしれない。

「やっぱクチコミが一番強いですよね」

「ありがたいことだと思っています。……ですが、決して忙しい店ではないのですよ。水曜と日曜は仕入れや仕込みのために店を閉めますし、営業日も常に予約が入っているわけではありません。今夜のように」

貴之が悪戯《いたずら》っぽく笑う。

「儲《もう》けはほとんどありませんが、ここは義兄の夢を叶えた大事な場所でもあるんです」

「そうなんですか。清水さん、お義兄さん思いなんですね」

「……」

なにげなく言った一言に、なぜか貴之が返事に詰まった。

わずかに曇った表情に、あれ？　と思ったのは一瞬のことで、すぐににぎやかな声に現実に引き戻される。

「淳！」

「え？　おお？」

シャツを引っ張られてそちらを見ると、いつの間に着替えてきたのか、子供用の黒いコックコートを着た亮が腕組みをして立っていた。襟《えり》の立ったデザインで、胸には二列ずらりと組紐《くみひも》ボタンがあしらわれている。

「すごいなぁ。料理人みたいじゃないか」

「だから一番弟子なんだってば」

そう言って亮は父親を指した。

「お父さんの弟子ってこと？　それってどういう……」

「私が料理をしているんですよ」

「ええ、それはさっき聞きました。あれでしょ、料理が趣味でお弁当も作るっていう」

「それに加えて、厨房でも鍋《なべ》をふるっていまして」

「え？　鍋？　……え？」

貴之が薬膳レストランのオーナー兼料理人だと聞いて、さすがに頭が混乱してくる。

けれどその一方で、なるほどと思うこともあった。薬膳料理を作っている人だからあんなにお茶に詳しかったのだ。彼が会社に持参していた烏龍茶のことを思い出し、こういうことだったんだと納得がいった。

淳が驚くのがうれしかったのか、亮は自慢げに店のことや、父親の腕前について説明をはじめる。

一番弟子を自負する小学生というのも冷静に考えればおかしいのだけれど、このどこか現実離れした空間にいるとなんでもありのような気がしてくるから不思議だった。

貴之はというと、「年上を呼び捨てにしてはいけませんよ」と窘《たしな》めるくらいで、かわいいお喋《しゃべ》りを遮《さえぎ》るつもりはないらしい。ということは亮の説明は概《おおむ》ね事実ということなんだろう。

——なんだかすごいことになってきたな……。

よくわからないまま大きく息を吐く。

すると、それを見た貴之がわずかに眉を寄せた。

「やはり、ため息をよくついていらっしゃる」

「あ、す、すいません。癖で……。嫌な感じですよね」

――しまった。せっかく家に招いてもらったのに感じが悪い。

恐縮していると、貴之は「とんでもない」と首をふった。

「私の聞き方が意地悪でしたね。すみません。これは問診《もんしん》のようなものなんですよ。今夜朝倉さんにどんな料理を召し上がっていただこうかと思いまして」

「問診……？」

レストランに行って、そんなことを言われたのははじめてだ。

「薬膳は、身体の〈気〉を整えるものですから。――拝見するに、今日はいつもより顔色がよろしいようだ。体調はいかがですか。最近なにか感じていらっしゃることはありませんか」

「えっと、そうですね……」

貴之のおだやかな口調は心地よくて、つい本音を洩《も》らしてしまう。

慢性的な疲労とは長いつき合いだし、倦怠感《けんたいかん》も今にはじまったことではない。最近はそこに頭痛が加わるようになった。

食事の時間が不規則なせいか、脂《あぶら》っこいものを受けつけなくなりつつある。無理に食べると翌朝は胃もたれを起こすし、下手したら一日中胃が重たくなることもあった。しかも妙にイライラしたり、逆に緊張して具合が悪くなったりなど、自分で自分に手を焼いてしまうほどだ。

言葉にすればするほど自分がとてつもない軟弱男に思えて悲しくなる。

けれど静かに聞いていた貴之は、安心させるようにゆっくりと首をふった。

「軟弱などではありません。そうやってご自分を責めてはいけませんよ」

「清水さん……」

「今はたまたまそういう状態であるだけです。大丈夫、それを改善して差し上げるのが薬膳料理人の腕の見せどころですから。……もちろん、一度食事をしただけでたちまちすべてがよくなるわけではありません。それでも、体質改善のお役には立てると思います」

どうぞお楽しみに。

そう言い残して貴之が厨房に消えていく。一番弟子の亮もその後ろにとてとてと続いた。

――なんか、おかしなことになったな……。

あらためてぐるりと店内を見回しながら心の中でひとりごちる。

たまの休みに散歩をするはずが、気づいたら貴之の家で夕飯をご馳走《ちそう》になることになってしまった。

それも、こんな雰囲気のある隠れ家的なレストランで。

「薬膳って言ってたけど……」

それがどんなものなのか、実はよくわからない。昔から食べることに興味が薄く、はっきり言ってしまうと「腹に入ればなんでもいい」とわりと本気で思っていた。

そんな淳でも、薬膳と名がつくからには特別なものなんだろうということはわかる。

――薬くさかったらどうしよう……。

想像しただけで胃のあたりがシクシクしはじめる。

けれどそれを宥《なだ》めるように、厨房からはいい匂いが漂ってきた。

吸い寄せられるようにして顔を向けると、亮が真剣な面持《おもも》ちで寸胴《ずんどう》鍋から灰汁《あく》を掬《すく》っているのが見える。一番弟子を自負するだけあって自ら手伝いをしているのだろう。それがなんだか微笑ましくて、無意識のうちに頬がゆるんだ。

亮の隣では、同じく黒のコックコートに着替えた貴之が中華鍋を火にかけている。じゅうっという音とともにごま油のいい香りが立ち、たちまち鼻孔《びこう》をくすぐった。

その途端、またしても腹の虫が鳴きはじめる。

——早く食べたい。早く早く。

こんなに食欲を刺激されるのは久しぶりだ。自分でも驚いてしまう。

「お待たせしました」

少しすると、貴之が銀のワゴンを押してやってきて、慣れた手つきで淳の前に次々と皿を並べた。

ふっくらと炊《た》かれた雑穀《ざっこく》入りのご飯、具だくさんの鶏《とり》のスープ。メインは野菜の炒《いた》めもので、それに副菜《ふくさい》の小皿がついている。

薬膳料理というから、てっきり丸鶏を生薬《しょうやく》で何時間も煮込んだようなものを想像していたけれど、至って普通の食事だとわかって安心した。

「これ全部、清水さんが作ったんですよね？」

「ええ。私と、彼が」

貴之はそう言って厨房に残っていた亮をふり返る。ぴょんぴょん飛び跳ねながら「おれが作ったんだよ！」と主張する亮に、淳は思わず噴き出してしまった。

「こちらは西芹百合《シーチンバイホア》といって、セロリと百合根《ゆりね》の炒めものです。このふたつは気が滅入《めい》ってイライラしている時によい組み合わせです。朝倉さんの場合は、心身ともに溜まった疲労を取るのにいいかと思いまして」

「すごい。俺にぴったりじゃないですか」

「セロリは目の充血を改善するのに向いています。眩暈《めまい》や頭痛にも効果的ですよ。その食感や香りからも、気持ちの停滞感を吹き飛ばしてくれる食材です」

「やるなぁ、セロリ……」

思わず呟《つぶや》くと、それを聞いた貴之がおかしそうに眉を下げた。

「そんなふうにおっしゃったのは朝倉さんがはじめてです」

「え？　あ……、すいません」

「いいえ。楽しんでいただけたらなによりです」

貴之は漆黒《しっこく》の目を細めながら続ける。

「百合根は心を落ち着かせる作用が強く、精神疲労からくる不眠にも効果的です。セロリはシャキシャキ、百合根はもっちりと、それぞれ違った歯応えが楽しめますから、野菜だけの炒めものでも食べ応えがありますよ」

おいしそうな湯気を立てている西芹百合。透き通った翡翠色《ひすいいろ》のセロリと、真っ白な百合根が油を纏ってきらきらと輝いている。見ているだけでごくりと喉が鳴った。

貴之は、今度は壺《つぼ》状の白い陶器を指した。

「スープは金針鶏湯《ジンジェンジータン》という金針菜《きんしんさい》と鶏の湯《タン》をご用意しました。元気のない時、憂鬱《ゆううつ》な時にいいスープです」

濁りのない黄金色のスープには透き通ったきれいな油が浮いている。そこにぶつ切りにされた鶏肉と、やや橙《だいだい》がかった紐状の野菜が煮こまれていた。

「金針菜って？」

「これです」

そう言って貴之がその橙を指す。

「金針菜は日本ではまだあまり馴染みのない食材ですが、本萱草《ほんかんぞう》の花のつぼみを乾燥させたもので、鉄分はほうれん草の約二十倍ともいわれています。貧血予防はもちろん、精神を安定させる効用もあるんですよ」

「へぇ。花のつぼみも食べられるんですか」

「今日はたっぷり召し上がってください。もちろん鶏も――鶏肉は消化の際に胃腸に負担がかからないので疲れている時にお薦《すす》めです。お腹をあたためて〈気〉を補うので、疲れやすい人の体質改善や体力回復にも向いていますよ」

そうして言われるがまま、小皿や碗《わん》に料理を取りわけてもらう。

「さぁ、どうぞ」

「ありがとうございます。……あの、清水さんたちも一緒に食べませんか。俺、今日はお客さんじゃないし」

いや、ご馳走してもらうって意味じゃ立派なお客さんなんだけど。

よくわからなくなってごにょごにょ言う淳に、貴之は漆黒の目をくるりと動かしてから微笑んだ。

「そうですね。いつもここにお座りになる方はお客様ばかりなので、私もついその癖が出てしまいました。お言葉に甘えて、ぜひご一緒させてください」

貴之は亮を呼び寄せ、あらためて三人で卓を囲む。

「いっただっきまーす!」

元気よく宣言するなり箸《はし》をつけた亮に、思わず貴之と顔を合わせて噴き出した。

「俺も、いただきます」

まずはスープをレンゲで掬う。

金色の澄んだスープをふうふうと吹きながら一口飲むと、滋養《じよう》に満ちた鶏のうまみが口の中いっぱいに広がった。あっさりしているのにコクがあり、すぐに次の一口がほしくなる。自分の身体がよろこんでいるのがわかった。

「おいしい……」

「でしょ！　それ、おれが灰汁取りしたやつ」

「あぁ、だからだ。すごいおいしい」

亮は得意満面で胸を反らすと、まだ幼さの残る指で今度は炒めものを指す。

「淳、これも食べな？　百合根、おれが毟《むし》った」

「亮くんはなんでもできてすごいなぁ。俺、百合根なんて触ったこともないもん」

「淳、触ったことないの？　触ってみたい？　毟る？」

「亮くんが教えてくれれば」

「じゃあ、おれの弟子見習いにしてあげてもいいよ」

亮は鼻高々だ。そんな息子を貴之が横から「百合根は解すと言いなさい」と窘めている。聞いているのかいないのか、亮は炒めものをご飯に載せてはふはふと掻きこむのに夢中だ。

淳も倣《なら》って西芹百合に箸をつけた。

「うわ……。野菜がおいしい」

セロリはとても瑞々《みずみず》しく、鼻に抜ける独特の香りがうまく円《まる》められていて食べやすい。百合根は初挑戦だけれど、やさしい甘みとほくほくとした食感が心地よかった。

それと一緒に味わうご飯も、一緒に炊きこまれた雑穀が口の中でぷちぷち弾《はじ》けて噛《か》むたびに楽しい。一口食べるとまた一口、というようにどんどん箸が止まらなくなり、料理を褒めるのも忘れて無心に食べてしまった。

「は－……」

空になった食器を前に、膨《ふく》らんだ胃のあたりを手でさする。こんなに夢中で食べたのはいつぶりだろう。量もそうだが、もっともっとと思うこと自体が久しぶりだった。

「すごくおいしかったです。ごちそうさまでした」

「そう言っていただけたらなによりでした」

「普段こんなに食べないから、すごい達成感ですよ」

「おや、それはしまった。お勧めしすぎてしまいましたか」

貴之が少し慌てたように顔を覗きこんでくる。

間近に迫った端整《たんせい》な貌立《かおだ》ちにドキッとするあまり、「そういえば、休みの日は眼鏡をかけてないんだな」などとどうでもいいことを考えてしまった。レンズ越しでない分、貴之の眼差しに直《じか》に触れてなんだか落ち着かない気分になる。

ドギマギする淳をよそに、貴之はゆっくりと身体を離した。

「朝倉さん。この後、もう少しだけお時間をいただけますか」

「へっ？」

「お茶を差し上げたいのです。たくさん召し上がってくださったお礼に、消化を助ける食後茶を」

「お茶……。あ、はい。いただきます」

貴之はほっとしたように微笑むと、亮と一緒に食器を下げはじめる。淳も手伝うと申し出たものの、

「お招きした方にそんなことはさせられません」とにこやかに断られてしまった。

しかたがないので満腹になったお腹を撫《な》でながらふたりの様子を眺める。

亮はお茶はいらないようで、食器を片づけ終えるなり、バイバイと手をふって母屋の方に戻っていった。

「お待たせしました」

貴之が今度は盆を持って戻ってくる。

そして透明のガラスポットに五百円玉ほどの球状のものをぽんと入れ、そこに熱いお湯を注ぎはじめた。

――なにしてるんだろう……？

淳が知っているお茶とは全然違う。まず、お茶の葉っぱじゃないし、使っているのも焼きものの急《きゅう》須《す》ではない。

「これは工芸茶というのですよ」

不思議に思っていると、貴之が教えてくれた。

「工芸茶？」

「見ていてごらんなさい。……ほら、少しずつ花が咲きはじめました」

「え？　うわっ、ほんとだ。はじめて見た……」

球のようなものは茶葉だったのだ。

花のつぼみが開くように、まずは萼《がく》の部分の茶葉が八方に開き、真ん中に色とりどりの花が現れる。刻一刻と開いていく花はお湯の中でゆらゆらと揺れ、咲くことのできたよろこびを全身で謳《うた》っているかのようだった。

「これも清水さんが？」

「いえいえ、そこまでは……。これは丹桂飄 香《ダングイピャオシャン》といって、ジャスミン茶をベースに中国の福建省《ふっけんしょう》で作られたものです」

昼間の茶屋で仕入れたものをわけてもらったのだという。

「あぁ、いい香りがしてきましたね」

黄色い金盞花《きんせんか》の中心から白いジャスミンの花が立ち上がり、その上に薄紅色の千日紅《せんにちこう》が美しく咲く。球が開くと同時に金木犀の花もお湯の中に広がり、ふわりと甘い香りが漂いはじめた。

「ジャスミン茶には健胃腸作用や脂肪溶解作用があります。茶葉の加工過程で生まれる酵素が胃腸にいいんですよ」

「へぇ。今までなにも考えずに飲んでました。もしかして、お茶ってそれぞれ違った効果があったりします……？」

「そうですね。中医学の観点から言えば、疲労回復によいもの、二日酔いに効くもの、解熱《げねつ》作用のあるものなど、いろいろと」

「あ、その二日酔いに効くってやつ、いいかも」

すぐさま飛びつけば、貴之から「そもそもお酒の呑みすぎはいけませんよ」とやんわりと窘められてしまった。

「へへへ。ですよね。すみません」

「いいえ、興味を持っていただけてうれしいです。さぁどうぞ、味わってみてください」

出されたお茶を口元に持っていった途端、甘く清々《すがすが》しい香りに包まれる。あたたかいお茶が身体の隅々に染み渡り、心まで満たされていくようだった。

貴之も同じように茶杯からお茶を一口啜《すす》り、ほうっと息を吐く。

「それにしても――朝倉さんとここでこうして一緒にお茶を飲んでいるなんて、なんだか不思議な気分です」

「俺も俺も。清水さん料理もうまいし、いろんなことに詳しいし……」

「料理のこととなると、つい喋りすぎてしまうんです。もっと掻い摘《つ》まんでお伝えできればいいのでしょうが……」

退屈させてしまっていたらすみませんと謝る貴之に、淳はぶんぶんと首を横にふった。

「これまで知る機会のなかったことだから新鮮でおもしろいですよ。それにほら、どんな効果があるのか確認するのって仕事で日常茶飯事じゃないですか。だから説明は読むのも聞くのも得意です」

「朝倉さんらしいですね」

貴之が小さく噴き出した。

「それなら、せっかくなので、中医学の考え方を少しご紹介させていただいても？」

「お願いします」

とにかく好きなことなのだろう、貴之がいそいそと居住まいを正す。会社で仕事をしている時の落ち着いた彼とは少し違う、どこか浮き立った様子がなんとも微笑ましい。

貴之はひとつ咳《せき》払いをすると、ゆっくりとした口調で話しはじめた。

「漢方では、すべてのものを五つの元素にわけて、それぞれが助け合ったり、打ち消し合ったりしながらバランスを取るという〈五行説《ごぎょうせつ》〉の考えを基礎としています。……五芒星《ごぼうせい》はご存知ですか？」

「確かあの、星の形の？」

「そうです。星の頂点それぞれに〈木〉〈火〉〈土〉といった元素が割り当てられているのです」

そう言って貴之は指で星の形を描いてみせる。

「季節も同じです。私たちは普段、季節を春夏秋冬と四季にわけますが、漢方の世界では梅雨も独立したひとつの季節と考えます。湿度が高く肌寒いこの時期は、春とも夏とも違う作用を我々の身体にもたらしますからね」

「なるほどなぁ。でも確かに、言われてみたらそっちの方がわかりやすいかも……」

「〈土用《どよう》〉という言葉をお聞きになったことはありませんか？」

「土用の丑《うし》の日？」

「ふふ。素早いですね、そのとおり。もともと〈土用〉は季節の変わり目を表していましたが、今では主に梅雨の時期を指します。ですから梅雨は、五行説でいう〈土〉に割り当てられているのです」

「へぇ。うまいこと関連づけられてるなんて、なんか不思議」

「そうですね。私も知れば知るほど、その奥深さに敬服させられるばかりです」

得意げな表情は少しだけ亮に似ている。もちろん、亮のようにふんぞり返るわけではないけれど、貴之が料理の世界を心から愛しているのは窺《うかが》い知れた。

「中医学ではこの五行説を応用して、身体の働きや機能も五つにわけて考えます。よく『五臓六腑《ごぞうろっぷ》に染み渡る』なんて言うでしょう。その五臓がすなわち〈肝〉〈心〉〈脾《ひ》〉〈肺〉〈腎〉です。これらもお互いに相生したり、相克《そうこく》したりしながらバランスを取っているのです」

たとえば〈肝〉とは肝臓のことだ。

肝臓本来の血液を貯《たくわ》え、体内の血液量を調節するという働きに加え、中医学では情緒の安定や様々な器官の調節機能もあると考えられている。自律神経系などの作用も併《あわ》せ持つため、〈肝〉の機能が低下すると不眠やイライラなどの症状が現れやすくなる。

また〈肝〉は特に目と密接な関係があり、視力低下や眼性疲労は〈肝〉の不調が考えられるらしい。

「朝倉さんの場合は〈気滞《きたい》〉といって〈肝〉に少々の不安がありますね。よくため息をついているのをお見かけします。緊張すると具合が悪くなったりするでしょう。最近は頭痛もするとおっしゃっていましたね」

「……あの、それって、やっぱり栄養が偏ってるからですか？」

思い当たる節《ふし》がありすぎて心苦しい。なにせコンビニ弁当とは長いつき合いだ。

「それも原因のひとつではありますが……朝倉さんにはもうひとつ〈気虚《ききょ》〉の症状も出ているようです。疲れやすい方、倦怠感がある方に多いのです。朝が苦手ではありませんか？　ぐっすり眠れた気がしないでしょう」

「どうしてそれ、知って……？」

驚く淳に、貴之はやはりという顔で頷いた。

「今の朝倉さんは〈気〉が不足している上に、その流れが滞っている状態です。〈気〉というのは心と身体のエネルギー、いわば燃料のようなものですね。燃料が充分でなく、さらにそれを全身に届ける流れそのものが停滞していたり、場合によっては逆流したりして、健《すこ》やかさを欠く事態に陥《おちい》っているのです」

「そう、なんだ……」

今の自分の状態を審《つまび》らかにされて恥ずかしいけれど、ずっと抱えてきた不快感の原因をこれと特定されて、なんだかすっきりした気分だ。彼は何度か中医学という言葉を使っていたけれど、こうしてみると医者にかかったような気がしてくるから不思議だった。

——中国じゃ、医食同源って言うらしいしなぁ。

昔どこかで聞き齧《かじ》った知識を記憶の底から掘り起こしていると、そんな様子を見て淳が不安に陥っていると誤解したのか、貴之が慌てて頭をふった。

「心配はいりません。食欲はおありのようですし、日頃から養生《ようじょう》を続けることが肝心ですよ」

「あー……日頃から。ですよねぇ」

そうしたい気持ちは山々なのだけれど、実際はなかなか難しそうだ。

職場の状況を知っているだけに貴之もこれには苦笑した。

「一番大切なのはストレスを溜めないことです。仕事でストレスを感じたら、休日にできるだけ解消しましょう。今日のように散歩をしたり、趣味を楽しむのはとてもいいことですよ」

「ぶらぶらするだけでも？」

「もちろんです。それから、身体と心を休める時間を意識して作ってみてください。規則正しい生活がなによりですよ。家に仕事を持ち帰ってはいけません。根《こん》の詰めすぎは身体からのＳＯＳを見逃すことに繋がります」

「うっ……」

つい先日も校正用のゲラを持って帰った身としては耳に痛い話だ。もしかして気づいていたのかと訊ねると、楽しそうに「なんの話です？」と聞き返された。……やられた。

「朝倉さんはほんとうに一生懸命お仕事をなさる方だ。これからは同じくらい、自分の身体も大事にしてあげてくださいね」

「はぁ」

言われている意味はわかるものの、風邪を引いた時ぐらいしか養生と名のつくことをしたことがないので、なんだかピンとこない。

その後も貴之は「朝は陽気が増すので、早起きをして身体を動かしましょう」とか、「カルシウムやミネラル、香草《こうそう》野菜を意識して摂りましょう」なんていう、淳にしてみれば無理難題と思えるようなアドバイスをしてくれる。

そんなことを言われても、いくつ目覚まし時計をセットしたって今より早い時間に起きられるとは思えないし、食べものそのものに関心のない自分がミネラルとやらを摂るにはどうすればいいのか、皆目《かいもく》見当もつかない。

貴之が自分のためを思って言ってくれているのはわかるのだけれど、元来の面倒くさがりの性格が顔を出し、淳は相槌《あいづち》を打つだけになっていく。

それは自然と貴之にも伝わったのだろう。

「たとえば、こんな方法はいかがですか」

そう言って茶杯を指す。

「ジャスミン茶の香りには、自律神経の緊張を緩和させ、集中力を高める効果があります。朝の目覚めが悪い時にはこのお茶で一息つくのもお薦めですよ」

「あ、それぐらいなら俺にもできそう。じゃあ明日からは朝コンビニに寄って、ペットボトルのお茶を買っていこうかな」

「朝倉さん、いけません。お茶はできるだけあたたかいものを。冷えは万病のもとと言うでしょう。

特にあなたは、胃を驚かせないように冷たい飲みものは控えられた方が賢明です」

「そうなんですか!? 今までなんにも考えずに飲んでた……」

確かに夏場のオフィスは冷房でむしろ寒いくらいで、下手したら手足の先なんかは冷たくなることもあったけれど、近くの自動販売機に冷たい飲みものしか売っていないせいもあってなんとなくそれで済ませていた。

「それなら、この機会に自炊をはじめてみませんか。カボチャのカレースープは作り方も簡単ですし、朝倉さんの身体にぴったりです。自然の甘みで心を和《なご》ませるカボチャは〈気虚〉に、気の巡りと血行をよくするウコンは〈気滞〉に、それぞれ効果があります。疲れが溜まっている人にお薦めですよ」

「……自炊、ですか……」

料理人である貴之からすれば簡単なのだろうが、はっきり言ってカップ麺のお湯を沸《わ》かすぐらいしかできない淳にとっては無茶もいいところだ。

俺のために言ってくれてるのはわかるんだけど……でも料理なんて全然できる気がしないし……だからって適当に聞き流すのも悪いよな……と、ひとりでぐるぐるしていると、それを見抜いた貴之がとうとうぷっと噴き出した。

「へっ？」

「これは失礼。朝倉さんの百面相があまりにおもしろかったもので」

「ひゃ、百面相ってひどくないですか？」

「ですから……ふふっ。すみません。思い出してしまった……」

なおも肩を震わせる貴之を見ているうちに、いつしか淳も一緒になって笑った。

「まったく、しようのない方ですね。それなら、予約の入っていない日にここに食べにいらっしゃるのはいかがですか」

「え？　ここにって、……ここに？」

「ええ。朝倉さんが嫌でなければ」

「俺は全然！」

即答してしまってから、さすがに勢いがよすぎたかもとちょっと照れくさくなる。またあの料理が食べられるなんて思ってもみない誘いだった。

とはいえ、ここは貴之の自宅だ。いくらなんでもそうそう邪魔をするわけにはいかない。父親と過ごす時間を亮から奪ってしまったらかわいそうだ。

「えーと、じゃあ、たまに寄らせてもらいます。三ヶ月に一度くらい」

「それでは間が空きすぎます」

「そうは言っても……」

言い淀《よど》む淳に、貴之は安心させるように「大丈夫」と請《う》け負った。

「お客様としてではなく、今夜のように三人一緒でよければ、朝倉さんの遠慮はなくなりますか？」

亮のことを気にしてくださったんでしょうと続けられ、思わず頷く。

「こんなことを言うとおかしいかもしれませんが、朝倉さんのためなのはもちろんのこと、亮のためにもそうしていただけたらありがたいのです」

「亮くんの？」

「ええ。あの子が誰かにあんなに懐《なつ》いたのははじめてです。私から亮に話してみて、あの子がいいと言ったら通っていただくというのはいかがですか？」

「亮くんが、いいなら」

もう一度頷くと、貴之は安心したようにふわりと微笑んだ。

――それにしても今日はすごい日だ……。

優雅にお茶を飲む貴之を横目で見ながら、なんだかまだ信じられない現実に心の中でひとりごちる。これまで誰にもプライベートを見せなかった彼にこんな秘密があったなんて。

会社で敏腕をふるう彼と、自分の子供に接している彼。そして料理のことを語る彼はどれも少しずつ違って見える。三つの顔を持っているんだと思ったら、そのうちひとつでヒィヒィ言っている自分との差に眩暈がした。

「清水さんはすごいなぁ」

「どうしたんです、急に」

「だって、社会人と父親と料理人、全部やってるってことじゃないですか。仕事しながらひとりで子育てするだけでも大変でしょうに、その上レストランまでやるなんて……」

「酔狂《すいきょう》に見えますか」

貴之は形のいい眉を下げ、のんびりと苦笑している。おだやかな表情からは苦労など微塵《みじん》も感じさせない。

それでも、父子家庭はいろいろあると本人が言っていたくらいだ。きっと気苦労も多いだろうし、もどかしい思いだってしているだろう。それなのに全部こなしてしまうだなんて、いったいこの人はどうなっているんだ。スーパーマンかなにかじゃないのか？

「朝倉さん、また百面相」

指摘され、はっとした淳を見て貴之がまた笑った。

「会社は、私にとって社会との接点のようなものです。レストランは一日一組だけですし、定休日は亮との時間も取れます。あの子もこの暮らしを気に入ってくれているようなので、私としてもできるだけ続けていきたいと思っています」

会社はわかるとして、残るふたつも並列に扱うものなんだろうか。レストランは亮が大きくなり、手がかからなくなってからやるのでも充分だと思うのだけれど……。

考えていることが顔に出ていたのだろう。じっとこちらを見ていた貴之が静かに茶杯を置いた。

「どちらも、私の生きがいですから」

貴之が茶器を見つめながら静かに微笑む。その視線は茶杯を通してどこか遠くを見ているようにも思えた。

――清水さん……？

シンとした、冬の空を思わせるような眼差し。

少し寂しそうにも見える横顔に声をかけるのさえためらってしまう。

どれくらいそうしていただろうか。気持ちを切り替えるように小さく嘆息した貴之は、おだやかに話を切り上げた。

「日曜の夜だというのに、すっかりお引き留めしてしまいましたね。私の話にばかりつき合わせてしまってすみませんでした。ご一緒させていただけてとても楽しい夜でした」

「あ…、えっと、俺もです。ごちそうさまでした」

「さぁ、明日からまた仕事です。今夜はあたたかいお湯に浸《つ》かって、ぐっすり眠ってください。明日は朝ご飯も忘れずに」

駅までお送りしましょうと言うのを断って、淳はドアを開ける。

「ぜひ、これからも気兼ねなくいらしてください。亮もきっとよろこびます」

そう言って見送ってくれる貴之に曖昧《あいまい》に頷き、表へ出た。

秋のはじめの夜空はまだあかるく、薄い墨を引いたような空に一番星がチカチカと輝いている。それを見上げながら駅までの道をぼんやりと歩いた。

――どちらも、私の生きがいですから。

貴之の言葉が頭を過《よ》ぎる。どこか陰のある表情を思い出し、胸の奥がざわっとなった。

「あの人も、あんな顔するんだ……」

引き締まった体軀《たいく》に知的な貌立ち。おだやかな性格で人当たりもよく、その上抜群に仕事ができる。料理の腕は言わずもがなで、持っていないものなんてなにもないんじゃないかと思うほど資質に恵まれた人だ。

それなのに、あんなふうに縋《すが》るような目をするなんて——。

「おっ…と」

派手なクラクションを鳴らして目の前をバイクが通り過ぎていく。渡ろうとしていた横断歩道の信号がいつの間にか赤になっていたことに気づき、淳はひとり遅れて冷や汗をかいた。

「今入院なんてしたら、それこそ怒られる……」

般若顔《はんにゃがお》の矢代を想像した途端、いつもの自分に戻って苦笑が浮かぶ。

まずは無事に家に帰り着こうと小学生のような目標を立てつつ、淳は真面目くさった顔で信号機を見上げた。

＊

亮のＯＫをもらったと伝えられたのが、はじめてレストランを訪れた翌日のこと。

それから淳は、たびたび貴之の家を訪れるようになった。

出される料理はいつも違ったが、なにを食べてもおいしかったし、自分の身体がよろこんでいるのが実感できた。食べもので身体が変わっていくなんてこれまで体験したことがなく、はじめのうちはムズムズと落ち着かなくなったほどだ。

それを報告するたびに彼はくすくす笑いながら聞いていたっけ。

「朝倉さんは素直な方ですね」

それが褒め言葉なのか、言うに困って捻《ひね》り出された言葉なのかは微妙なところだが、淳の変化を手放しでよろこんでくれているのはよくわかった。

貴之との会話は心地いい。

会社でも顔を合わせれば世間話ぐらいはする仲だったが、こうして腰を落ち着けていろいろな話をするようになって、彼がとても聞き上手だということがわかった。

接客業だからかもしれないけれど、落ち着いた声で相槌を打たれるとついつい余計なことまで話してしまう。淳の場合は大抵が格好悪い失敗談で、後から我に返って顔を覆いたくなったことも一度や二度ではなかった。

こうしていつもの席に座り、円卓から厨房の貴之を見ていると、やっぱりまだ不思議な感じがする。

昼間はふたりとも会社でパソコンに向かっていたのに、その数時間後には薬膳レストランで片や鍋をふるい、此方賄《こなたまかな》いのご相伴《しょうばん》に与《あずか》るなんて。

しかも、大抵は貴之の息子の亮も一緒だ。

今夜は淳が残業で遅くなってしまったので亮には先に食べてもらい、レストランには貴之とふたりきりだけれど、三人で食卓を囲む時はもっぱら亮の独壇場《どくだんじょう》だ。今日学校でどんなことがあったのか、なにをして遊んだのか、悉《つぶさ》に話してくれるのに耳を傾けながら自分の子供の頃とのジェネレーションギャップに唸るのもまたおもしろかった。

――清水さんも、ちっちゃい頃はあんなだったりして。

元気でやんちゃな亮の姿を重ね合わせる。彼の性格からは考えにくいけれど、この想像が当たっているなら、亮も大きくなったら貴之のような落ち着いた男になるんだろうか。

「うーん……」

それはどうだろう、という言葉を呑みこみながら苦笑する。

自分が今こうしているなんて、ほんの一月前には想像もしなかった。

人見知りというほどではなくても、あまり親しくない相手にはそれなりに緊張する方だったのに、今となってはその言葉になんの信憑性《しんぴょうせい》もないくらいここに馴染んでいる。

居心地がいいからだ。

それに会社の連中は誰ひとり、父親としての貴之も、料理人としての貴之も知らない。それを自分だけが知っているというのが特別な感じがしてよかった。

「楽しそうですね」

こっそり笑っていたのに気づいていたのか、貴之がカウンター越しに声をかけてくる。

「今夜は、朝倉さんの好きな八角《はっかく》を使った豚の角煮《かくに》ですよ」

「えっ。ほんとに？」

思わず立ち上がると、貴之は一瞬目を瞠り、それからすぐに噴き出した。

「そんなによろこんでいただけるとは思いませんでした。せっかくですから、作っているところをご覧になりますか？」

「いいんですか？　じゃあ、邪魔にならないようにこっち側から見てますんで」

厨房と店を仕切るカウンターの上に頬杖《ほおづえ》を突く。中に入ってもいいんですよと言ってくれたのを辞退して、正面から貴之の手捌《てさば》きを堪能《たんのう》させてもらうことにした。

「これから作るのは毛氏紅焼肉《マオシーホンシャオロウ》といって、毛沢東《もうたくとう》が好んだことで有名な品です。豚肉は腎を補い、滋養強壮にいい。〈気虚〉の方にはうってつけですよ」

そう言って貴之は中華鍋に湯を沸かし、三～四センチ角に切った豚バラ肉のブロックを下茹《したゆ》でしていく。さっと色が変わったところで一旦取り出し、今度は湯を捨てた鍋に油を入れて熱しはじめた。

貴之が扱っていると、あんなに大きな中華鍋が重さなんてないように見える。

充分に油が熱くなったところで、生姜《しょうが》、大蒜《にんにく》、八角、桂皮《けいひ》などの薬味《やくみ》が投入され、たちまちいい香りが漂いはじめた。

そこに豚肉を戻し入れ、さらに炒める。

「〈気滞〉にいい八角は別名スターアニスといって、胃腸の働きを高め、気の巡りをよくして自律神経の乱れを鎮《しず》めます。朝倉さんが八角を気に入ってくださってよかった。どうしてもだめという方もおられるんですよ」

「あー、確かに癖がありますよね。俺はそこが好きですけど」

「私もです。……と言っても、実は、子供の頃は少し苦手でした」

「へぇ。清水さんにも苦手なものってあったんですね」

「私にだって好き嫌いくらいありますよ。料理人をしている手前、大きな声では言えませんが」

顔を見合わせてくすりと笑う。

「一緒に入れた桂皮はシナモンと言った方がわかりやすいですね。身体をあたためる作用が高く、〈脾〉の働きをよくして消化機能を助けてくれます」

「これシナモンなんですか。ていうか、シナモンってアップルパイ以外にも使い道があったんだ」

うっかり言ってしまってから、それじゃシナモンに失礼だとはっとする。いや、この場合、貴之にも失礼だろう。

己の軽率さを恨んでいると、貴之が小さく肩を震わせていることに気がついた。

「ほんとうに、おもしろい方だ」

「いや、これはその、なんていうか……」

言い淀む淳をよそに、貴之は慣れた手つきで鍋に水を加える。じゅわあっという音とともに蒸気が立ちこめ、すぐさまグツグツと煮立ちはじめた。

醤油《しょうゆ》や砂糖、塩で味を調《ととの》え、煮汁を煮詰めている間に次の料理に取りかかる。

「あっさりしたものも作りましょう。四鮮豆腐《スーシンドウフー》は、植物性と動物性のタンパク質が一度に摂れる一品です。トマトの爽《さわ》やかな酸味が食欲を刺激してくれるので、元気がない時にもお薦めですよ」

材料として並べられた、豆腐の白、枝豆の緑、卵の黄、トマトの赤の四色が鮮やかだ。

「豆腐は身体の余分な熱を取る働きがあります。胃腸を丈夫にしてくれる枝豆は豆腐と炒め合わせることで消化を促し、疲れた胃腸にやさしく働きかけてくれるんですよ。どちらも〈気虚〉にいい食材です」

貴之は豆腐を食べやすい大きさに切り、沸騰《ふっとう》した湯に軽く潜《くぐ》らす。割り解した卵はふんわりとスクランブルエッグにまとめ、火が通りきらないうちにバットに出した。

こうしたちょっとした下準備も貴之は楽しそうにこなしていく。再び鍋に油を引き、生姜と葱《ねぎ》で香りを出したところへ豆腐を戻し入れて焼き色をつけはじめた。

豆腐が焦《こ》げないように注意しながら様子を見て枝豆を入れ、味を調えたところでざく切りのトマトを炒め合わせる。お玉でひょいと水溶き片栗粉《かたくりこ》を加え、卵を入れて手早く混ぜ合わせれば完成だ。

その間、わずか二、三分。あっという間の出来事だった。

「お見事」

ぱちぱちと拍手を送ると、貴之は照れくさそうに笑いながら四鮮豆腐を皿に移す。

それから隣で煮こんでいた角煮の様子を確かめ、ピーマンと赤いパプリカを加えた。何度か鍋をふり、野菜に火が通ったらできあがりだ。八角や桂皮の爽やかな香りと独自の風味、そして美しい照りが見るからに食欲をそそる。

貴之が前の晩から仕込んでおいたというスープをあたため直している間、淳もカウンターと円卓を何往復かして料理や皿を運ぶのを手伝った。

「すみません。そんなことまでしていただいて」

「なに言ってんですか。俺の方こそ、材料費だけで食べさせてもらってるんだから」

ふたり揃って「いただきます」と手を合わせる。これも、ひとりでコンビニ弁当をつついていた時にはやらなかった習慣だ。ここに来てから自然とそうするようになった。

「んー！　角煮うまっ！」

がぶりと噛んだ途端、八角や桂皮の爽やかな香りが鼻腔《びくう》を抜け、甘じょっぱいタレが肉汁とともに口いっぱいに広がる。炊きたてのご飯を頬張ればそこはもうしあわせの極致だ。

「めっちゃおいしいですよ、清水さん。これ、ほんとうまい！」

「あぁ、しっかり噛んで食べてくださいね。ちゃんと飲みこんで……」

「うっわ。豆腐もおいしい。卵とろっとろ！」

夢中で箸を動かす。噛んで飲みこむという動作が食べたい気持ちに追いつかないのがもどかしいくらいだ。食べながらもごもごとそれを伝えると、眉を下げっぱなしの貴之が「まったくもう」とまた苦笑した。

「急がなくても料理は逃げていきませんよ。もうちょっと落ち着いて」

言われていることが子供そのものだ。八歳の亮にだってこんな注意はしないだろうに。

そう思ったらちょっと恥ずかしくなってきて、淳は「てへへ」と笑ってごまかした。

「いやー、清水さん、こんなおいしいもの作れるなんて天才ですね。清水さんの料理のおかげで俺、最近めっちゃ調子がいいんですよ」

「そうですか、それはよかった。私でお役に立てたならなによりです」

貴之もうれしそうに「それに」と続ける。

「私も朝倉さんにお礼を申し上げなければ」

「お礼？　俺にですか？」

「朝倉さんが来てくださるようになってから、家がにぎやかになりました。亮は刺激になったのか、これまで以上に熱心に手伝いをしてくれるようになりましたし、将来は料理人になってこの店を継ぎたいとも」

「そうなんですか。あいつ、やるなぁ」

さすが父親の一番弟子を自負するだけのことはある。干支《えと》がもう一回りすれば亮も二十歳になるし、どこかで修行を積んで戻ればさらに父親の助けになるだろう。

自分はただ会社帰りにふらりと来て、おいしいご飯を食べさせてもらっていただけなのに、そんな自分が貴之親子にいい影響を与えていたならうれしいことだ。そもそも他人に踏みこまれたくないと考えていた人なのに。

それだけ、淳の存在が貴之の中で大きくなっているのだろう。

「……うん？」

思わず、箸を止める。

――俺、今なんか変なこと思わなかった……？

貴之の中の自分の存在だなんて、これまで考えたこともなかった。というか、相手が自分のことをどう思っているか、気にしたのなんて誰かに片想いをした時ぐらいだ。

――片想い⁉

「いやいやいや」

考えれば考えるほどおかしな方向に行きそうで、慌てて頭をふる。

「どうかされましたか」

「へっ？　あ、いえっ、その、なんでも……」

なんとかこの場を取り繕《つくろ》わねばと焦ったせいで、熱いスープをそのまま口に入れてしまい、結局はさらに大騒ぎして貴之を盛大に笑わせることになった。

「朝倉さんは案外、慌てん坊なんですね」

「こ、これは違っ……」

恥ずかしいやらみっともないやら、身の置き所がないとはこのことだ。顔が熱くなるのが自分でもわかる。普段は血が上ることなんて滅多にないのに。

「おや、血行もずいぶんよくなったようだ」

「なりすぎです」

からかってくる貴之を上目遣いに睨《にら》んでみてもまるで効果がないどころか、くすくすと笑われるばかりだ。

「朝倉さんはかわいらしい方ですね」

「……っ」

耳まで熱くなるのがわかった。

もう、なんだってそういうことをサラッと言うんだ。しかもそんないい顔で。いや、顔はもとからなんだけど。でも妙に楽しんでいるように見えるのは俺の目の錯覚か？

――……。

とにかく落ち着こう。

なんでもいいから話題を変えなければと店内を見回した淳は、額装《がくそう》され、掲げられている店名に目を留めた。黒檀の一枚板に銀の文字で『巴旦杏』と彫りつけられている。

「あれってお店の名前でしたよね。どういう意味なんですか？」

実は前から気になっていたのだけれど、それ以上に驚くことが山のようにあってすっかり聞くタイミングを逃していた。もう何度も通ってきているのに今さらの質問で申し訳ないとつけ加える淳に、貴之は笑顔で首をふる。

「気にかけていただけるのはうれしいものですよ」

貴之はそれを、大切な思い出という意味の中国語だと教えてくれた。

「昔、とてもおいしいスモモに出会った人が、いつまでもそれを忘れられず、他のすべてを忘れてもスモモのことだけは忘れなかった――――という故事に由来しているのです」

「レストランにぴったりの名前ですね。清水さんの味を忘れないでってことでしょう?」

「そう思っていただけるようになれればいいのですが」

貴之が控えめに微笑む。こういう我《が》の強くないところがこの人の美徳なんだなぁと、見ている淳の方がしみじみとしてしまった。

「それにしても、他のすべてを忘れてもそのスモモだけは忘れないって、考えてみたらすごいことですよね。きっと、よっぽどおいしかったんだろうなぁ……」

想像するだけで口の中に涎《よだれ》があふれそうだ。こんなことを言ったら今度は「ずいぶん食いしん坊ですね」と笑われてしまうかもしれない。

「そういえば俺、スモモって食べたことないかも。桃みたいな感じかな。それとももっと酸っぱいのかな」

照れ笑いしながら貴之の方を見た淳は、思いがけない表情に身動きを止めた。笑っているとばかり思っていた彼が、なにかを考えこむように目を伏せていたからだ。

どこか寂しげにも見える横顔に急に貴之が遠く思える。

「あの、清水さん……？」

声をかけると、貴之は顔を上げ、すぐにいつものように微笑んだ。

「すみません、ぼんやりとして。それより今日はデザートがあるんです。亮と一緒に作ったので、ぜひ味を見てやってください」

持ってきますねと厨房に向かう背中を見つめながら、今しがたの見慣れない表情がどこか胸の奥に引っかかった。

——どうしたんだろう……。

一瞬のことだっただけに、ほんとうになんでもなかったのかもしれないけれど。

「結局、スモモのこと聞きそびれちゃったな」

冷蔵庫から杏仁豆腐《あんにんどうふ》を出している貴之を見ながらひとりごちる。

続きを聞くのはなんとなくためらわれて、盆を運んできた彼を迎えながら、淳はそっと気持ちを切り替えた。

その日は、思っていたより早く仕事が片づいた。

制作業者との打ち合わせの帰り道、淳は腕時計を見ながら頬をゆるめる。

店に着くのは十九時頃になると貴之に伝えてあったけれど、これなら三十分は早く行ける。せっかくだから手土産でも買っていって亮をびっくりさせてやろう。

淳は目についたケーキ屋に飛びこみ、フルーツタルトを三つ買った。

いつもおいしいご飯を食べさせてもらっていることへのささやかなお礼だ。たまには洋風なのもいいだろうと思い、あれこれ迷ってタルトにした。

亮はチョコレートの方がよかったかな。それとも生クリームが好きだったかな。

そんなことを考えながら通い慣れた道を行く。歓声を上げて駆け寄ってくるであろう亮を思うだけで気持ちがほっこり和んだ。はしゃぎ回る息子の後ろで微笑む貴之の顔も目に浮かぶようだ。

「なんか、すっかり馴染んだなぁ」

今やなんだかんだで週に二度はレストランに寄らせてもらっている。予約で埋まっている週は仕込みの日に淳を招いてくれたりと、貴之も熱心に体質改善に協力してくれていた。

あたたかい家。

あたたかい笑顔。

あのドアを開ける時はいつも特別な気持ちになる。

路地を入って少し行くと、住宅街の外れにひっそりと佇《たたず》むようにして赤煉瓦の家が見えた。

この時間ならまだ下準備をしているだろう。

ふたりを驚かせるべくそっと扉を押し開けると、店内はまだ薄暗く、電気の点《つ》いている厨房に自然と目が吸い寄せられる。いつもなら真っ白な湯気が立ち上っていたり、俎板《まないた》に包丁の当たるにぎやかな音が響いてくるのに、今日に限ってなぜかしんと静まり返っていた。

「あれ？　いないのかな」

後ろ手にドアを閉め、あらためて店の中をぐるりと見回す。少し身を乗り出すようにして厨房を覗きこむと、やっと見慣れた横顔が目に入った。

「あぁ、そこにいたんだ。清……」

「我想再次見到你」

——え？

びっくりしたままその場でかたまる。これが日本語の独白なら気にも留めなかっただろうけれど、流暢《りゅうちょう》な外国語のインパクトたるや大きい。

——マジか清水さん。中国語も喋れるんだ……。

さっきの言葉がどういう意味かはわからないけれど、店の名も中国故事に由来しているそうだし、薬膳レストランをやるくらいだから中国のことにいろいろと詳しいんだろう。

常々デキる男だとは思っていたけれど、こんな特技まで持っていたなんて。自分なんかとは雲泥《うんでい》の差だ。

なんかもう、別世界かも……。

はぁ、と感嘆のため息が洩れた。

貴之が手にしているのは写真だろうか。飽くことなくじっと小さな印画紙を見つめている。しばらくして淳の視線に気づいたらしく、貴之がはっとしたように顔を上げた。

「朝倉さん。いらしていたんですか」

「あ、えっと……はい」

なんと言うべきか少し迷って、正直に「ちょっと前から」と続ける。

「それはお恥ずかしい。みっともないところをお見せしてしまいました」

「そうですか？　独り言ぐらいどうってことないのに」

珍しく焦る貴之を見ていると、スーパーマンのような彼も普通の人なんだなぁなんて妙に安心するからおかしなものだ。

淳はカウンターからひょいと身を乗り出し、貴之の手元を覗きこむ。一目で古いものとわかる写真にはひとりの男性が写っていた。

「それ、じっと見てましたね。清水さんのご家族ですか？」

なにげない問いに貴之がピクリと動きを止める。それからそっと曖昧な笑みを浮かべてみせた。

「そう…、ですね。そのようなものでしょうか」

「清水さん？」

どうしたんだろう。普段はなんでも話してくれるのに、珍しく言葉を濁している。複雑な事情があるんだろうか。それとも、言いたくないことだったんだろうか。

ふと見ると、貴之はどこか遠い目をしていた。

それを目にした瞬間、あの日の言葉が甦《よみがえ》る。

――興味本位で詮索されるのが苦手なんです。

「あ……すいません。踏みこみすぎました」

「朝倉さん？」

「その、全然そういうつもりじゃなくて……興味本位とか、そういう下世話な詮索のつもりじゃなかったんです。単純に興味があったっていうか、すごく熱心に見てたから、どんな人なのかって……」

言えば言うほどドツボに嵌まる。言い訳がましくなるような気がして俯《うつむ》く淳に、貴之がやわらかに嘆息した。

「顔を上げてください。下世話だなんて思いませんよ。私は、朝倉さんのことを信頼しているのですから」

「え？」

「亮のことも、レストランのことも、約束を守って秘密にしてくれているでしょう。会社でも普通に接してくださってありがたく思っています。その上、亮の成長にまで寄与してくださって――朝倉さんにはほんとうに感謝しています」

「そんな、褒めすぎですって」

胸の前でぶんぶんと両手をふる。

約束なんてほんの思いつきだったし、お礼にと夕飯をごちそうになったのだから、貴之だけが一方的に恩に着る必要はない。会社ではわざわざお互いのプライベートを持ち出すこともないし、亮が手伝いをするようになったのも彼のやる気の賜《たまもの》だ。

むしろ、自分の方が貴之にいろいろしてもらっている。

しょっちゅう夕食を食べさせてもらっているのだから正規料金を支払うといくら言っても聞き入れられず、ごくごく少額でおいしい思いをさせてもらってばかりだ。それで体調が整いつつあるというのだから贅沢《ぜいたく》な話だろう。

それに、最近では三人で食卓を囲むのを楽しみにしている自分がいる。あたたかな雰囲気が心地よかったし、誰も知らない貴之の秘密を自分だけが知っているという特別感のようなものもあった。

へへ、と照れ笑うと、つられたように貴之もまた目を細める。

深い森のような澄んだ瞳。まるで眼差しそのもので癒《い》やされているような、とても不思議な気分になる。

——なんだ、これ……。

見つめているうちに吸いこまれそうになってしまい、淳は慌てて先ほどの話を持ち出した。

「それにしても、さっきは清水さんが中国語喋っててびっくりしました。やっぱ薬膳とか、漢方とか、そういうの勉強しようと思ったら語学力もいるんですね」

「朝倉さんも中国語がおわかりになりますか」

「え？　俺？　まさかー。英語もあやしいもんですよ」

戯けて肩を竦《すく》めてみせると、貴之はなぜか少しほっとしたような表情になる。

「それなら、意味はわからなかったのですよね」

「え？」

「あぁ、おかしなことを言ってしまった。お気を悪くなさらないでください」

貴之が話を切り上げようとしているのを察し、無意識のうちに遮った。

「その写真」

貴之の肩がわずかに揺れる。

「蒸し返してすいません。さっき俺、ご家族の方ですかって聞いたけど、考えてみたら家族の写真を見ながら違う言葉で話しかけたりしないいんじゃないかって思って……」

「……」

「あー、また変なこと言ってすいません。清水さんが嘘ついてるって言いたいわけじゃないんです」

ガシガシと乱暴に後頭部を掻く。混乱した時の癖なのだ。こんな煮えきらないことを言われても貴之だって困るだろうに。

やっぱいいです、と言いかけて、淳は思わず言葉を呑んだ。

貴之の顔がとても真剣だったからだ。まっすぐに写真を見つめていた彼は昂《たかぶ》りを鎮めるように目を閉じ、少しの間を置いてから、もう一度ゆっくり瞼《まぶた》を開いた。

「大切な方です。私にとって、とても大切な方なのです」

ここではない、どこか遠くを見つめる横顔に言葉を差し挟むこともできない。そっと睫《まつげ》を伏せる貴之を見て、これ以上はほんとうに聞いてはいけないのだと肌で感じた。

拒絶ではない。

けれど、入りこめない。

目に見えない壁のようなものがそこには確かに存在している。

写真をしまった貴之が、空気を混ぜ返すようにあかるい声で言った。

「変な話をしてしまいましたね。それよりお腹《なか》がすいたでしょう。すぐに支度をしますから、今夜もたくさん召し上がってください」

いつもの貴之だ。そこに先ほどまでの雰囲気は微塵もない。

「先月に亮とふたりで漬けた食前酒をお持ちします。私も味を見ましたが、なかなかのものですよ」

そこへ、ちょうど亮がやってきて、両手に抱えていた素焼《すや》きの壺《つぼ》を円卓の上にドンと置いた。

「あー重かったー。……あ、淳。早いじゃん」

「あぁ…、うん」

「どうしたの？　なんか、元気ないね？」

すぐに顔を覗きこんでくる。この鋭さは父親譲《ゆず》りかもしれない。

「いや、ちょっとお腹がすいてさ」

「なんだ、そっか。じゃあこれ、一晩煮こんだ瓦罐鶏湯《ワーゴァンジータン》。おいしいから淳もきっと元気出るよ」

だっておれも作るの手伝ったからねと自慢するのが微笑ましくて、ついついつられて笑ってしまう。

「今、食前酒をもらおうとしてたんだ。それも亮くんがお父さんとふたりで作ったんだって？」

「陳皮酒《ちんぴしゅ》のこと？　棗酒《なつめしゅ》も、高麗人参《こうらいにんじん》のもあるよ。どれがいい？　全部呑む？」

「こらこら。酒宴じゃありませんよ」

貴之が慌てて割って入る。亮が運んできた壺を「ご苦労さま」と言って厨房に移し、ふたりは仲よく食事の準備をはじめた。

亮に腕まくりをしてやる貴之は父親の顔だ。我が子の成長を見守りながら、ひとつひとつていねいに指導している。そんな微笑ましい光景を前にしても淳の心は晴れなかった。

――――私にとって、とても大切な方なのです。

自分に打ち明けてくれた時、貴之はせつないような、苦しいような、それでいてすべてを諦《あきら》めてしまったような深く静かな目をしていた。

どんな人なんだろう。彼にあんな顔をさせるのは。

そしてなにがあったんだろう。どうしてあんな……。

もっと深く知りたくなり、そんな自分に気がついて、淳は考えを追い出すようにふるふると頭をふった。

誰にだって、言いたくないことや知られたくないことぐらいある。自分だってそうだ。恥ずかしい過去の失敗や、思い出したくないことのひとつやふたつ、生きていれば自然と抱えてしまうものだ。

それなのに、どうしてこんなに気になるんだろう。どうしてこんなに引っかかるんだろう。深入りしてはいけないと頭ではちゃんとわかっているのに、気持ちがそれに追いつかない。

もやもやとしたものを抱えたまま、無意識のうちに唇を噛んだ。

これじゃ我儘《わがまま》な子供じゃないか。

自分にはなんでも見せてほしいなんて。

「……え？」

自分の考えに自分で驚き、つい声が洩れる。

幸いにもカウンターの向こうの貴之たちには気づかれなかったようだ。淳は円卓に肘を突き、組んだ両手で顔の下半分を覆い隠した。

――なんだよ、それ……。

動揺が顔に出ないよう、できるだけゆっくり深呼吸をする。これまで感じたことのない疼《うず》きがじわじわと喉元まで迫《せ》り上がった。

自分たちは同僚だ。ほんのちょっとプライベートを知る機会があっただけの、ただの同僚。ほんとうに、それだけなんだから……。

「陳皮酒お待たせー」

あかるい声に顔を上げると、亮がオレンジ色の酒が入ったグラスを差し出していた。

「淳、元気出しなね？」

「え？　あぁ。うん。……ありがとう」

――子供に心配かけちゃいけないよな……。

グラスに顔を近づけた途端、爽やかなみかんの香りが鼻孔をくすぐる。一口呑むとおだやかな甘さに混じって、ほろりとした苦さが口の中に広がった。

「どう？」

「うん。めちゃめちゃうまい」

「だろー？」

亮は得意満面にきゃっきゃと笑う。お礼にとフルーツタルトの箱を差し出すと、亮はつぶらな瞳をこぼれ落ちそうなほど見開き、「わー！」と歓声を上げて抱きついてきた。

「淳、ありがと！」

「うおっ」

さすが男の子、八歳とはいえ力がある。受け止めた瞬間おかしな声が出てしまい、そんな淳を見てカウンターの向こうで貴之も笑った。

三人で顔を見合わせ、笑い合う。

――そうだ。こんな時間が大切なんだから……。

我儘はいけないと、あらためて自分に言い聞かせる。

タルトの箱を抱え、うきうきと厨房に戻る亮を見送りながら、淳は心に決めるのだった。


夕焼けがとてもきれいだ。

電車の規則正しい揺れに身を任せながら、淳は車窓《しゃそう》の景色に目を奪われていた。

淡い水色から黄、橙、そして朱赤へと層を成すグラデーションはただ見つめているだけではもったいないと思うほどの美しさだ。これならカメラを持ってくればよかったなと思い、すぐに矢代に顔を顰められると考え直した。

今日は、愚痴大会という名の呑み会だ。

平日はあいかわらず忙しく、仕事終わりに軽く一杯なんてこともままならない。たまに二十時前に上がれるような日も誘いを断り続けていたせいで、とうとう我慢の限界を迎えたらしい矢代が強引にセッティングした。

他の人間の誘いなら休日を理由に断るところだが、矢代は気の置けない同期だし、貴之の家に行くとも言えず、理由をうやむやにしたまま誘いを断ってきた後ろめたさもある。

秘密というのは、こういう時に難しい。

でも、少しだけくすぐったくもある。

矢代に正直に言えないのは申し訳なかったが、その分今夜は楽しい時間にしよう。入社以来ちょくちょくと時間を作っては呑みに行っていた仲だ。今日も冗談と愚痴を交互に言い合いながらおいしい酒が呑めるだろう。

そんなことを考えながら、待ち合わせ駅のひとつ手前で電車を降りる。

夕暮れの空気がなんだかくすぐったくて、淳は大きく深呼吸した。

貴之に中医学の話を聞いてからというもの、身体のことを少なからず気にするようになった。平日は無理でも、休みの日はストレス解消がてら、なるべく身体を動かすようにしている。おかげでこの頃は一駅歩くのも苦にならなくなりつつあった。

空が刻一刻と藍色に染まるのを見上げながら、整備された歩道をのんびり歩く。

このあたりは雑貨屋やカフェが軒《のき》を連《つら》ね、特に若い女性が多いエリアだ。街路樹から紅葉した葉が落ちてきてはアスファルトを赤や黄色に彩《いろど》った。

路地を挟んだ向こう側には少し広めの公園がある。

公園といっても遊具らしきものはほとんどなく、木製のベンチが敷地の外周に沿ってぐるりと置かれているぐらいだが、休日ともあって多くの人が思い思いに談笑していた。

その中にふと、見知った顔があることに気づく。

「あれ？　清水さん……？」

貴之と亮だ。

ベンチに並んで腰かけながらお茶を飲んでいる。貴之の傍らに少し大きめの水筒があるから、家で煎れたものを持参したんだろう。そういうところも貴之らしい。

あれもなんとかっていう烏龍茶なのかな……。

少し前に、会社の女性たちに飲み尽くされたお茶。金木犀の香りがすると言っていたっけ。そういえば金木犀がどんな花なのか後でインターネットで確かめようと思っていたのに、忙しさにかまけてすっかり忘れていた。

そんなことをつらつらと考えながら、ふたりに近づいていった時だ。

「爸爸、好吃」

聞こえてきた亮の声に、思わず足を止めた。

「え？」

亮はカップを差し出しながらお茶のおかわりをねだっている。

貴之もおだやかな笑みでそれに応えた。

――亮くんも話すんだ、中国語……。

驚きに茫然とする淳をよそに、ふたりは当たり前のように異国の言葉で話し続けている。そんなやり取りを見ているうちに、貴之に抱いたもやもやとした気持ちまで一緒に思い出してしまった。

考えないようにしていたのに、現実はなかなか難しい。

淳はふるふると頭をふって、もう一度仲睦《むつ》まじい親子を見遣った。

薬膳レストランを営《いとな》む貴之が中国文化に精通するのはわかるとして、亮はまだ八歳の子供だ。いくら一番弟子とはいえ、英才教育をするには早いんじゃないだろうか。それとも、中国語がわからないことにはやっていけないような世界なのか？

ふと、ある可能性が脳裏《のうり》を過ぎる。

もしかして、貴之たちは中国の人なんだろうか、と――。

「あ、淳だ！」

あかるい声にたちまち現実に引き戻される。

顔を上げると、亮がぶんぶんと手をふっているのが見えた。

「淳なにしてんの？　散歩？　どこ行くの？　お茶飲む？」

とりあえず思いついたことを全部言った亮が「こっちに来てー」と手招きしてくる。

断るわけにもいかず、淳は今しがたの考えを呑みこむとふたりのいるベンチに歩いていった。

「こんにちは、朝倉さん。よくお会いしますね」

貴之がにっこりと迎えてくれる。

「ですね。今日は買い物に？」

「いえ。亮が銀杏《ぎんなん》を拾いたいと言うので連れてきたのですが……少し早かったようです」

確かに言われてみれば、公園の周囲には大きな銀杏《いちょう》の木がたくさん植えられている。

けれど実が落ちるにはまだもう少しかかりそうだ。

「茶碗蒸し食べたかったのにー」

亮が唇を尖《とが》らせる。

「茶碗蒸し、好きなんだ？」

「好き！　卵、ぷるぷるするの好き」

「わかる。俺も好き」

「淳も好き？　おれも！」

亮がぱっと笑う。子供ながら茶碗蒸しに銀杏は欠かせないようで、なかなか渋い趣味だなと言うと、褒められたと思ったらしく亮はさらにうれしそうに笑った。

「我好期待！」

そう言って父親をふり仰《あお》ぐ。

貴之はなにかを言いかけたが、口を開くより早く電話がかかってきたようで、「お話し中に申し訳ありません」と淳に頭を下げてベンチから離れていった。

どうやらレストランの予約客からのようだ。経営から料理までひとりで回すのはなかなか大変そうだなと思いながら、淳はさっきまで貴之が座っていた場所に腰を下ろした。

亮が、貴之がそうするように淳にもお茶を勧めてくれる。

「これ、いい匂いでしょ？　黄金桂っていうんだって」

「烏龍茶？」

「そう。淳、よく知ってんね」

あのお茶かもしれない。なるほど、確かに華やかな花の香りがふわっと立ち上ってくる。

「亮くんも詳しいんだな」

「まぁね。そのうちパパより詳しくなるよ」

ふふんと胸を張る亮についつい噴き出してしまった。

「淳、またうち来なよ。これの茶葉見せてあげる」

「うんうん」

「淳が来るとパパもすごく楽しそうだよ。パパ、これまで大人の友達とかいなかったから」

「そう、なんだ……？」

そうか。自分たちは友達同士に見えていたのか。

得意げに頷く亮を見下ろしながら、淳は不思議な感慨《かんがい》に包まれた。

まぁだが、確かに言われてみればそれもそうだ。ただの会社の同僚の家を何度も訪れることなんて普通はない。ましてや家族と食卓を囲むなんて。

だからといって、自分たちの関係が『友達』なのかと聞かれたら、それもまた微妙なところだ。

子供の頃は、気が合ったらすぐにお互いを友達と呼び合ったものだけれど、大学を卒業してからはそういうものともすっかり縁遠くなってしまった。だから友達と言われたことがどことなく面映《おもは》ゆい。

自然と頬もゆるんでいたんだろう。亮に「淳、ニヤけてるー」と言われて一緒になって笑った。

「あ、そういえば」

ひとしきり笑い合った後で、ふと思い出す。

「さっき喋ってたのって中国語だよね？　そういうのも料理の世界では必要になるの？」

「料理……？」

亮はかわいらしく首を傾げる。

「普段も、時々使う。友達と喋る時は日本語だけど、パパとは時々中国語。忘れないように」

「え？」

それはどういう意味だろう。

戸惑《とまど》っていると、納得いかないと言っているように見えたのか、亮が妙に真面目な顔で首をふった。

「ちゃんと練習しないと忘れちゃうんだよ。おれ、半分は中国人だから、中国語忘れないようにしてるの」

「そう…、なんだ」

少なからず予想していたとはいえ、本人の口から語られるとやはり驚いてしまう。なるべく動揺を顔に出さないように気をつけながら、離れたところで電話をしている貴之に目を遣った。

「お父さんが中国の人なんだね」

「パパ？　パパは日本人だよ？」

「それならお母さんが?」

「ママも日本人だよ?」

どういうことだ。

「亮くん、それって……」

詳しく聞こうとしたその時、貴之が電話を終えて戻ってきた。

「申し訳ありません、朝倉さん。ご予約のお客様から時間を早めたいとのお電話で……すぐに戻らなければならなくなりました」

「えー。もうー?」

亮がすかさず頬を膨らませる。

「お忙しいですね。お疲れさまです」

「好きなことをしているとはいえ、こんな時は名残惜《なごり》しいものですね」

貴之は苦笑しながら水筒をしまい、亮の手を取った。

「それでは、失礼します。朝倉さんもまたいらしてください。明後日なら大丈夫ですから」

「ありがとうございます。それじゃ」

互いに一礼してその場を離れる。

くるりと踵《きびす》を返すまではにこやかにしていられたけれど、いざひとりで歩き出してからは胸の中の悶々《もんもん》としたものと向き合うことになった。

──パパは日本人。ママも日本人。

「それなのに、どうして亮くんがハーフになるんだ」

親の国籍を間違って覚えるなんて考えられない。それとも、日本人の母親というのは再婚相手で、生まれた時と環境が変わっているとか。だとしたら、その人は今どこに……？

考えれば考えるほど混乱してくる。

それは知らず知らずのうちに面《おもて》に現れていたのだろう。つき合いの浅い相手ならまだしも、四六時中顔を突き合わせている矢代にはすべてお見通しだったらしい。

呑み屋で差し向かいになるなり、まだ乾杯もしないうちから向こう臑《ずね》を軽く蹴《け》られた。

「どうしたんだよ、おい」

「え？」

「今日は愚痴大会にしようと思ってたけど、その前におまえの話聞かないとと思って。どうした？なんかあったろ？」

「矢代」

どうしてわかるんだろう。

思わずぽかんとしていると、矢代は「はぁー……」と長いため息をついた。

「おまえ、自分で思ってるより顔に出てるって知らないだろ」

「え？　そう？」

慌てて両手で頬を押さえる。こんなに簡単に指摘されてしまうくらいだから、日頃から思考が筒抜けになっていたのかもしれない。そういえば貴之にも「百面相をしている」とよく笑われたっけ。

――あ……。

その笑顔を思い出した途端、胸の奥がチクリと痛む。

「ほら見ろ。そんな顔して」

ズイッと人差し指を突きつけられて、つくづく自分のわかりやすさに淳は苦笑するしかなかった。

こんな時、遠慮なくものを言ってくれる存在というのはありがたいものだ。矢代なら親身になって話を聞いてくれるかもしれない。

「すごいことがあったわけじゃないんだけどさ」

話の口火を切ると、矢代はちょっと意外そうに眉を上げ、それからテーブルの上に頬杖を突いた。一見いい加減そうに見えるこの姿勢も、打ち明け話をする自分をかたくさせないようにという矢代なりの気遣いなのだと知っている。

「ついでに言うと、楽しい話でもないんだけどさ」

「なんだよ。煮えきらないやつだな。いいから話してみろって」

背中を押され、淳は思いきって腹を決める。

それが貴之のことだとはわからないように、年齢や職業、性別まで暈《ぼ》かして、亮との関係について意見を求めてみた。

「……おまえそれ、アウトだろ」

だが話を聞き終わった矢代は開口一番、そう言って顔を顰める。

「そこは触れられたくないとこなんじゃないか、普通は。その子供だって、今は当たり前に思ってるかもしんないけど、大きくなったらおかしいって気づくだろ」

「そう…、だよな」

亮のあかるい笑顔を思い浮かべるだけで胸が痛い。

そんな淳を見ながら、矢代はまたも大きなため息をついた。

「朝倉は、他人にあんまり興味持たない方だと思ってたんだけどな」

「俺が？」

「悪い意味じゃなくて。淡泊《たんぱく》っつーか、なんでもかんでも知ってないと嫌ってタイプじゃないじゃん。そういうベタベタしないとこ、俺はいいと思うけどさ」

「はじめて言われた」

「まぁ、あんま面と向かっては言わないわな」

「そうなんだ……」

正直あまり意識したことがなかった。

他人から自分がどう見られているか、恋人に接する時こそそれなりに気にしたはずだけれど、今となっては「私のことなんて好きでもなんでもないんでしょ」という元彼女たちの言葉は淳のこうした性格を指摘していたのかもしれない。

「そんなおまえが、そこまで知りたくなる相手なんだなぁ」

矢代がじっとこちらを見つめてくる。

なにかを見透かすような眼差しに、つい目が泳いだ。

「知りたいっていうか、なんだろ、気になるっていうか……」

「同じことだろ。……でもな、朝倉。それはだめだ。他人の家庭に踏みこむのはルール違反だ」

淡々と、けれどきっぱりとした口調で諭《さと》される。

「……だよな」

「人には人の事情があるんだから、距離を保つのも大人だよ。……ほら、呑もうぜ」

ちょうどいいタイミングでビールや料理が運ばれてきて、テーブルの上がにぎやかになる。

矢代の「お疲れー」という威勢のいい声で呑み会がはじまってしまえば、話題はたちまち仕事のことへと移っていった。

淳も頭を切り換え、久しぶりに同期と過ごす時間を楽しむ。

隣の部署の美人に送るはずのメールを間違えて課長に送って怒られただの、恩田から預かった資料をゴミと一緒に捨ててしまいそうになっただのと矢代の話題は尽きることがない。そのどれもが光景が目に浮かびそうな失敗談で、はじめのうちはくすくすと肩を揺らしていた淳も、酒の力も手伝って気づけば声を立てて笑っていた。

「あー、もうだめ。お腹痛い。これ以上笑わすなって」

「なに言ってんだよ。話はこっからだかんな」

「勘弁《かんべん》してくれー」

よろけるフリをする淳を見て、矢代が笑いながら席を立つ。

「ちょっとトイレ。その間に酒頼んどけよ。帰ったら今度は恩田先輩の話すっから」

「まだあんのか！」

これじゃ腹筋持たないかも……と苦笑しつつ、いそいそとドリンクメニューを開く。なににしようかと迷っている間に先ほど頼んだ海鮮《かいせん》と野菜の炒めものが届いた。

海老《えび》の赤、烏賊《いか》の白、セロリの緑、銀杏の黄緑が鮮やかだ。

海鮮類は見るからにプリプリとしていて歯応えがよさそうだし、セロリもシャキシャキという音が聞こえてきそうに瑞々しい。とろりとした餡《あん》にまとめられ、湯気を立てているそれは見ているだけで喉が鳴った。

「先に味見しちゃおっかな。矢代が戻ってきたら笑って食えなくなりそうだし」

酒を頼み、添えられたスプーンでセロリを掬おうとしたところで、淳はふと既視感《きしかん》に手を止める。

「そういえば……」

はじめて巴旦杏に行った時、食べさせてもらったのもセロリだった。百合根と炒め合わせたものだ。

中華鍋をふるう貴之を見て、とても驚いたのだっけ……。

透き通った黄緑の実にも目を落とす。

亮が拾いたいと言っていた銀杏。一足先に今夜自分が食べることになるとは思わなかった。亮を連れてきてやったらよろこんだだろうか。それとも、貴之が作ったものでないと断られてしまうだろうか……。

「お待たせしました」

オーダーした紹興酒《しょうこうしゅ》が届いて、はっとする。

距離を保つのが大人だと矢代から窘められたばかりなのに、気がつくとふたりのことを、とりわけ貴之に思いを馳《は》せる自分がいた。

「……」

なにをしていても彼に繋げて考えてしまう。誰かのことがこんなに気になるのははじめてで、どうしていいかわからない。

自分をあたたかく受け入れてくれるのに、もっと知りたいと思った途端に距離ができる。そして知れば知るほどわからなくなる。一緒にいると心地いいのに、手の届かない存在なのだと時折思い知らされる。

それでも、知りたいと思うのはなぜ――。

「いけない」

トイレのドアが開くのが見えて、淳は小さく首をふった。

思ったことが顔に出やすいと言われたばかりだ。こんなことを考えていれば、また矢代にいらぬ心配をかけてしまう。

考えをふり切るように、脚つきのグラスになみなみ注がれた紹興酒に口をつける。かあっと喉が灼《や》けるような感覚が迷いを押し流してくれるような気がして、淳は続けて二口、三口と酒を呷《あお》った。

「なんだ。食っててよかったのに」

戻ってきた矢代が手つかずの炒めものを見て苦笑する。

「待ってたんだよ。偉いだろ」

「偉い偉い。じゃあ、取っておきの恩田先輩の話でもするか。俺に向かって噴き出すなよ」

なんだよそれと笑いながら、淳も矢代に倣って料理に手をつける。

セロリが少しだけほろ苦く感じた。

「朝倉さんがいつもどんなものを召し上がっているか、教えていただけませんか」

週明けの昼休み、なんの前触れもなく貴之に昼食に誘われた。

「俺ですか？　でも清水さん、お弁当は？」

「今日は作る時間がなかったので、私も外食なんです」

「あ、そうなんだ……」

珍しいこともあるものだ。あの貴之に限って、作る時間がなかったなんて。

少し不思議には思ったものの、こんなことでもなければ一緒に昼食を摂る機会もないだろうからと、淳は行きつけの定食屋に貴之を案内することにした。

会社から歩いて三分のところにあるその店は、手頃な値段でうまく、しかもご飯の大盛りサービスが無料というサラリーマンの財布《さいふ》にやさしい大衆食堂だ。昼時ともなれば満席になり、表に行列ができることもある。店内には威勢のいい声が飛び交《か》い、狭いテーブルの間を縫《ぬ》うようにして看板娘がテキパキと働いていた。

「……なんか、変な感じですよね」

小さなふたりがけのテーブルで向き合いながら、思わず呟く。

いつもはシャンデリアの灯《とも》る落ち着いたレストランで円卓を囲んでいる貴之と、こんなふうににぎやかな定食屋で鯵《あじ》フライを注文することになるとは思わなかった。

「よかったんですか、俺が勝手に注文決めちゃって」

メニューを広げて見せた際、すかさず「朝倉さんと同じものを」と言われたのだ。

「お任せできて助かりました」

「清水さんって、俺の食事を作る時には拘《こだわ》るのに、自分のはわりと適当ですね」

「選んでいただくのも楽しいものですよ。それに、朝倉さんの好みなら把握していますから」

なるほど、そういうことか。胃袋を摑《つか》むなんてよく言うけど、案外応用範囲が広いもんなんだな。

感心しているうちに定食が届いた。

サクサクに揚がった肉厚の鯵フライが二尾《び》。山盛りの千切りキャベツと手作りのポテトサラダが添えられ、炊きたてのご飯とワカメの味噌汁《みそしる》、それにお新香《しんこう》がつく。

見ただけで口の中に唾液《だえき》があふれ、慌ててごくりと飲みこんだ。

「おいしそうですね」

「ここの鯵フライはお薦めなんです。……あ、清水さんの料理とは別ジャンルって意味で」

慌ててつけ加える淳に、貴之が噴き出す。

「そんなに気を遣っていただかなくても大丈夫ですよ。さぁ、冷めないうちにいただきましょう」

揃って「いただきます」と手を合わせる。

魚のフライには醬油だろうか、それともレモンだろうかと迷う貴之に、淳は「ウスターソースが合いますよ」と勧めてやった。こういうのは思いきってガーッと回しかけてしまうのがいいのだ。

そう言うと、いつになく大胆なのがおかしかったのか、貴之は少しだけ眉を下げて「意外な一面が見られました」と肩を揺らした。

なにげない話をしながら昼食を搔きこむ。

そうやって半分ほど食べたところだろうか、不意に貴之が箸を止めた。

「亮のことなのですが、実は、私とは血が繫がっていないんです」

「……へっ？」

まるで天気の話をするようにさらりと告げられる。

「朝倉さんにはお話ししておいた方がいいかと思いまして」

飲みかけの水が気管に入ってげほげほと咽《む》せてしまい、ようやくのことで我に返った。

公園で別れた後、亮から淳と話した内容を聞いたのだろう。嗅《か》ぎ回るようなことをした自分を貴之はどう思っただろう。息子に国籍のことを聞かれて彼はなんと答えたんだろうか。

縋る思いで見上げる淳の脳裏に、あの日の矢代の言葉が過ぎった。

——他人の家庭に踏みこむのはルール違反だ。

こういう、ことだったんだ……。

矢代が言ったとおりだ。自分が土足で踏み入ったせいで、貴之は言わなくてもいいことまで話す羽目になってしまった。

「すみませんでした」

「朝倉さん？」

「俺、首突っこんでばっかで。その上、そんなことまで言わせちゃって……」

「そんなに恐縮なさらないでください。私がお伝えしたくて話しているんですから」

「でも」

なおも言い募ろうとするのを眼差しで制される。

貴之はゆっくり首をふると、漆黒の目をそっと細めた。

「亮がハーフというのはほんとうです。彼は日本人の母と、中国人の父の間に生まれました。その母親というのが私の姉、そして父親が私の義兄です」

義兄が遺してくれたんです――。

はじめてレストランを訪れた時、大きな家を見て驚く淳に貴之はそう言っていた。つまり、彼の義兄に当たる人はもういないということだ。

「それならお姉さんは、今どこに……？」

言ってしまってから、慌てて口を塞《ふさ》ぐ。事情があるから叔父《おじ》である貴之が亮の面倒を見ているのだ。こういう考えなしの一言で彼に迷惑をかけていると反省したばかりなのに。

「あ、あの……」

すみません、と続くはずの言葉は、けれど残酷な一言によって打ち止められた。

「亮は、忘れ形見《がたみ》なんです」

――そういう、ことだったんだ……。

息を呑む淳を落ち着かせるように、貴之は静かに口を開いた。

「義兄は中国から派遣された研究員でした。中医師として日本で働いていた時に、私の姉と出会って結婚したのです」

今から十年以上前の話だという。

「結婚後、しばらくして亮が生まれました。あの子が中国語を話すのはバイリンガルで育てられたからです。父親を思い出すと自然と出るのでしょうね。今でも甘えたい時は父親代わりの私に中国語で話しかけてきますから」

「そういえば亮くん、忘れないようにって……」

——おれ、半分は中国人だから、中国語忘れないようにしてるの。

「成長とともに父親の記憶が薄らいでいくのが恐いのでしょう。……無理もない。私もそうです」

「清水さん」

「永遠に会えないとわかっているからこそ、なにかに縋りたくなる時がある。中国語は私たちにとって、思い出を確認するためのひとつの手段なのかもしれません。昔必死に勉強したことが今になって役に立ちました」

貴之はそう言って寂しそうに微笑む。

こんな時、なんと声をかけたらいいかわからずに、淳はただ黙って目を伏せる貴之を見ていた。

彼が中国語を話すのは、亮の相手をするためだけじゃない。貴之自身が今は亡き人と同じ言葉で思い出をなぞっているんだろう。

「中国語……」

無意識のうちにぽつりと呟く。

その言葉に引っ張られるようにして、巴旦杏の厨房が脳裏に浮かんだ。

「もしかして、あの写真の人ですか」

あの時も貴之は中国語で呟いていた。家族のようなものだと言ったのは、こういう意味だったんだ。

だが、いつまでも黙ったままの相手を不思議に思って顔を上げると、そこには痛みをこらえるように眉根を寄せ、唇を引き結んだ貴之がいた。

――え？

思いがけない表情にギクリとなる。

それと同時に、彼が写真に写った相手を『とても大切な人』だと言っていたことを思い出した。

姉の夫というだけで、それほど思い入れられるものだろうか。死してなお、彼を捕らえて離さない存在とはいったいなんなのか。

「……誰かに、あの人の話をする日が来るなんて思いませんでした」

静かに首をふりながら貴之が目を伏せる。にぎやかな食堂の中、自分たちだけが現実から切り離されたようにさえ思えた。

――なんだ、これ……。

貴之を見ているだけで胸の奥がざわざわとなる。これまでも時々どこか遠くを見ていることはあったけれど、こんなふうに辛そうな顔をしたことは一度もなかった。

その一挙一動から目を逸《そ》らせなくなり、淳もまた黙ったまま貴之を見つめる。

どれくらいそうしていただろう。小さな嘆息とともに貴之がゆっくりと顔を上げた。

「おかしな話をしてしまいましたね」

「い、いえ……」

返事が喉の奥に引っかかる。緊張していたのか、喉が渇いていたことに今さら気づき、淳はコップの水を一息に呷った。

「手を止めさせてしまってすみませんでした。今のは忘れてください」

食事の再開を促されても、身体はこわばったようにギクシャクしてしまう。うまく気持ちを切り替えられないまま、淳はひたすら料理を咀嚼《そしゃく》し、飲みこむことだけに集中した。

店を出てからも頭の中はぐるぐるしたままだ。

午後の仕事さえ、どうやって終わらせたのか思い出せないほどだった。

その夜は、予約客がいると聞いていた。

だから本来であれば巴旦杏には行かない日だ。それでも昼間のことが気になるあまり、気がつけば足を向けていた。

もやもやとしたものが胸の中で渦《うず》を巻いている。

一歩近づくたびにそれが喉元まで迫り上がってきそうで、何度も立ち止まっては深呼吸をくり返す。

けれどそうして足を止めてしまうと今度は歩き出すのに気力を要し、行っていいんだろうか、迷惑じゃないだろうかと答えのない悩みに迷わされた。

それでも、どうしても気になってしまった。

このまま回れ右をして家に帰るのはたやすい。けれどもそうして、明日から何事もなかったように過ごすことができるだろうか——自問自答するまでもない。答えはノーだった。

ほんとうはそうすることが貴之のためだとわかっている。

——忘れてください。

彼は、そう言っていたから。

「あんな顔したくせに……」

ただの失言でないことぐらい、苦しげな表情を見れば淳でもわかる。他人にあまり興味を持たない人間と評された自分が、どうしてだろう、貴之のことだけはその他大勢と同じようには思えなかった。

心の中でああでもない、こうでもないと考えながら歩くうちに、とうとう見慣れた家の前に着く。

時刻はとうに閉店時間を過ぎているから、予約客と鉢合わせることはないだろう。それでも少しだけ中の様子を窺い、店内に人の気配がないことを確かめて、淳はそっとドアノブに手をかけた。

真鍮《しんちゅう》のひんやりとした感触が伝わってくる。

思いきって扉を押し開けると、厨房の方から貴之が身を乗り出してこちらを見た。

「なにかお忘れものでいらっしゃいますか。……おや、朝倉さん。あなたでしたか」

貴之はすぐさま片づけの手を止め、驚いた様子で出てくる。

慌てて前掛けで手を拭いたのか、いつもはパリッとした長エプロンに皺《しわ》が寄っているのを見て、申し訳ないような気持ちになった。

「あの、すみません。急に来て」

「いえ、いいのですよ。それよりどうなさったんです。顔色があまりよくないようだ。なにかありましたか」

「あ……」

また、顔に出ていたのか。

心配そうに顔を覗きこんでくる漆黒の瞳に、ともすると心の中まで見透かされてしまいそうで淳はうろうろと目を泳がせた。

「なんでも、ないんです」

どんなふうに言ったら伝わるのかわからなくて、結局は首をふるばかりだ。

そんな淳に、貴之は小さく嘆息した。

「お入りになりませんか。まだ片づけが終わっていなくて申し訳ありませんが、お話をすることならできますから」

「でも、亮くんは……?」

子供の耳には入れない方がいい話になるかもしれない。

貴之も淳の言わんとすることを察したようで、「そうですね」と頷いた。

「亮はもう休ませましたが、起きてこないとも限りませんね。では、散歩に行きましょうか」

ちょっと待っていてくださいと断って、手早く水や火の始末をする貴之をぼんやり見遣る。一度母屋に戻るという彼を店の前で待ちながら、淳はいつにない緊張感に足元がふわふわとなるのを感じていた。

知っている相手と、これから知らない話をする――。

それは妙な確信だった。

「朝倉さん、お待たせしました」

わざわざ着替えてきてくれたらしい。手間を取らせてしまったなと思っていると、そんな淳の気持ちを読んだかのように貴之は「ついでに書き置きもしてきたんですよ」と照れくさそうに微笑んだ。

「亮が目を覚まして驚かないように」

「なんて書いたんです？」

「素直に散歩と伝えたら『なんで連れていかなかったんだ』と怒られますからね。仕事で使うもののコピーを取ってくる、と」

「清水さんがコンビニに行くなんて」

「私だってコンビニエンスストアぐらい利用しますよ。とても便利で助かります」

日用品や店の仕入れはまとめてスーパーや問屋を回っているが、振り込みなど時間を気にせずできるところが気に入っているのだという。なんだか意外に思える答えに淳はそっと頬をゆるめた。

こんなふうになにげない話をしていると、昼間のもやもやなんて嘘だったような気さえしてくる。

――そうだったらいいのに。

ふり仰げば、星がチカチカと瞬《またた》いていた。街の灯りがなければもっとよく見えるだろうに、今は遠くのネオンに押されてその光はぼんやりと遠い。

でも実は、その方がいいのだろうか。

なにもかもはっきりさせてしまうのは、ほんとうはよくないことだろうか。

「……」

ほどなくして着いた公園のベンチに並んで腰を下ろす。

先に口火を切ったのは貴之だった。

「ご心配をおかけしてしまったのではないかと、申し訳なく思っています」

「え？」

それは意外な言葉だった。

「俺、清水さんに謝られるようなことはなにも……」

ふるふると首をふる淳の隣で、貴之がため息ともつかない自嘲《じちょう》を洩らす。

「昼間私がおかしなことを言ったから、それで気にして来てくださったのでしょう？」

「あ……」

「あなたがやさしい方だと知っていたのに――いえ、知っていたから、それに託《かこつ》けてつい打ち明けてしまった」

「やさしい？　俺が？」

なにかの聞き間違いだろうか。

戸惑う淳に、貴之はゆっくりと頷いてみせた。

「朝倉さんはやさしい方ですよ。やさしくて素直で、誠実な方だ。私の話を聞いて、放っておけなくなったのでしょう」

「俺なんて……」

そんないいものじゃない。そんなふうに言ってもらう資格なんてない。

「首突っこんでばっかりで。忘れろって言われたのに、やっぱりどうしても気になって……」

話しはじめたら止まらなくなった。なにから言えば、どんなふうに伝えればと迷っていたことさえ忘れて、淳は思うままに言い募る。

「清水さんが、お義兄さんのことをすごく大切に思ってるってよくわかりました。独身で子供を引き取るのだって並大抵の覚悟じゃできないことだと思います。だからあの、俺に協力できることがあればなんでも言ってほしいなって――」

そこまで言って、自分を凝視《ぎょうし》する貴之の視線に気づき、我に返った。

いくら暗がりとはいえ、顔を近づければ表情はわかる。

貴之は言葉の真意を計るようにじっと目を見つめてきた。

「あ…」

――俺は、なにを……。

なぜあんなことを言ったんだろう。まるで、もっと貴之に関わりたい、貴之の領域に踏みこむことを許してほしいと言っているようなものなのに。

「……」

自分のことなのに、まるで自分がわからない。

淳の動揺に気づいたのか、貴之はなにかを決意するようにゆっくりと深呼吸をした。

「そこまで気にかけてくださっているのに黙ったままなのは失礼ですよね。とても個人的な話で恐縮ですが、よかったら聞いていただけますか」

凜《りん》とした声が響く。

貴之はその場で居住まいを正すと、静かに口を開いた。

「姉が結婚相手として義兄を家に連れてきたのは、私が大学生の時でした――」

その青年は李《リ》といった。

相手が外国人ということで、はじめは両親も自分も驚いたが、李青年の人柄を知った誰もがこの結婚はしあわせなものだと確信した。貧しい農村に生まれ育った李は、人々が病気で呆気《あっけ》なく死ぬのを見て自ら医学の道を志し、その才ひとつで中医師になった男だった。

大変な苦労をして国家資格を得、日本に渡ってきたというのに変に擦れたところがなく、勤勉で、親切で、夢を語る時の少年のようなまっすぐさがとても印象的な人だったという。

「料理にも精通していた義兄は、いつか薬膳の店がやりたいと口癖のように言っていました。おいしい料理を通して、人々にもっと中医学のことを知ってほしいと」

「だから清水さんも、薬膳を？」

貴之が静かに頷く。

なるほど、そんな人が身近にいたら影響されるのも頷ける。貴之の一番弟子を名乗っている亮も、その身に流れる血が彼を薬膳へと向かわせるのかもしれない。

「そんな義兄が姉とともに事故で帰らぬ人となったのは、亮が三歳の時でした。今から五年ほど前のことです」

「……っ」

口調はあくまでおだやかだが、一点を見つめたまま貴之は身動《みじろ》ぎひとつしない。享年《きょうねん》は四十にも満たなかったとつけ加えられるのを淳は茫然と聞くしかなかった。

「両親を亡くしたことを幼い亮に伝えるのが辛かった。パパは？　ママは？　と聞かれるたびに私はあの子を抱き締めてやることしかできませんでした。この子をひとりにすることはできない、私が育てなければと思ったのです」

貴之は心配する周囲を宥めて亮を引き取り、正式に養子縁組の手続きをした。中には親切心から、貴之が将来結婚する際のお荷物になると反対したものもいたそうだが、頑《がん》として譲らなかったという。

「義兄の忘れ形見を立派に育て上げることこそ、私に託された使命だと思っています」

そう言って、貴之はシャツのポケットから一枚の写真を取り出す。あの日、厨房で眺めていたのと同じものだ。写っているのは貴之の義兄であり、とても大切な人に当たる。

――……！

その瞬間、なぜかはわからないけれどピンと来た。それが単なる家族の写真ではないということに。李は貴之にとって血の繋がりのない、姉の夫というだけの存在だ。いくらその人柄に共感したとはいえ、姉亡き今となっては家族でもなく、貴之とはなんの関わりもない。

それなのに写真を肌身離さず持ち歩き、意志を継いで薬膳レストランを開き、忘れ形見を育てることを己の使命だと迷うことなく口にする。

まるで、義兄が遺したもので自分を埋め尽くそうとするかのように――。

「お義兄さんを、好きだった……？」

訊ねた声が掠《かす》れる。

李と貴之は男同士だ。普通に考えれば恋愛対象になんてならないだろうに、ごく自然に言葉が口を突いて出る。

貴之の、返事はなかった。答えないことが彼の答えだとでもいうように。

――ほんとうに……？

胸がざわざわする。鼓動《こどう》が逸《はや》る。冷たい汗が背を伝うのを、それでもまだどこか他人事のように感じた。

縋る思いで貴之を見上げる。

まっすぐ前を向いていた彼は、やがて静かにこちらに向き直った。

「驚いたでしょう」

「……！」

肯定に息が止まる。

「どうしてでしょうね。あなたには、おかしな話ばかりしてしまうようだ」

貴之は力なく首をふりながら額《ひたい》に落ちた黒髪を掻き上げた。まるでいつもの彼らしくもない。やるせなさをごまかすような乱暴な手つきに、見ている方が胸が詰まった。

こんなことが、あるんだな……。

なんと言ったらいいかわからない。あの店も、料理も、ひとり息子さえも、すべてが今は亡き片恋相手に繋がっていたなんて。

貴之が知らない人のようだ。こんな一面があるなんて思いもしなかった。

料理人としての彼。父親としての彼。そんなものを知ったからといって自分はなにを思い上がっていたんだろう。ほんとうの彼は決して消えない埋《うず》み火を宿しながら生きていたのに。

すぐ傍《そば》にいるのに、貴之がとても遠い存在に思える。

考えるより先に言葉が出た。

「今もずっと、その人のことばかり考えてるんですか」

「朝倉さん？」

「生きること全部がその人に繋がってるんですか。それって後ろ向きすぎませんか。過去に縛られない生き方だってできるはずなのに――」

感情に任せて口走ってから、はっと我に返った。

「あ……」

いくらなんでも言いすぎた。自分がこんなに攻撃的なことを言う人間だったなんて。

貴之は驚いたように目を瞠っている。

まっすぐな眼差しが胸に刺さるようで、けれど目を逸らすこともできず、淳はただ息を呑んで漆黒の双眼を見つめ続けた。

どれくらいそうしていただろう。

貴之がふっと吐息を洩らす。そうして彼は微笑みながら自分に言い聞かせるように呟いた。

「朝倉さんがおっしゃりたいことはよくわかります。私があなたの立場だったら、あるいは同じ助言をしたかもしれない。……それでも、人の気持ちはままならないものですね。捨てられないものほど愛おしい」

過去にできないこと、忘れられないもの。それらを置いて先に進むことなどできないと。

「ご心配いただいてありがとうございました。私なら、大丈夫ですから」

「でも」

「今がしあわせなんですよ」

「――」

ついに決定打が放たれる。

言葉にさせてしまったことを、これほど悔《くや》しいと思ったことはなかった。


夕飯を食べていってはと勧めてくれるのを断って、淳はまっすぐに帰路に就《つ》いた。

どこをどう通ったかは覚えていない。歩いている間中、そして家に帰ってからも脳裏に浮かぶのは貴之の顔ばかりだった。

――捨てられないものほど愛おしい。

懐旧《かいきゅう》の情と呼ぶには強すぎる感情に、部外者の自分は手も足も出ない。

気持ちがざわざわして眠れそうになく、かといって酒を呑む気分にもなれない。ぼんやりしているとまた余計なことばかり考えてしまいそうで、淳はパソコンの電源を入れ、適当にブラウザを立ち上げた。

こんな時はなにも考えず、だらだらネットサーフィンするのがいい。そのうち疲れて眠たくなってくるだろう。

適当にリンクを辿《たど》っていくうちに、一軒のショッピングサイトに行き着いた。

重たいペットボトルを箱買いする時など、淳も何度か利用したことがある。ありとあらゆるものを扱う店のトップページには、ちょうど今がシーズンなのか、季節のお薦めとしておいしそうな果物《くだもの》の写真が大きく掲載されていた。

その中で一際《ひときわ》目を引いたのがスモモだ。真っ赤に熟した果実がたわわに実り、今にも甘酸っぱい香りが漂ってきそうないい写真が載っている。

「そういえば……」

――巴旦杏という店名も、スモモの故事にちなんだものだったっけ。

画面をスクロールしていた手がぴたりと止まる。淳はほんのわずか息を止め、それからそろそろと吐き出した。

どこにいても、なにをしていても、やっぱり貴之のことを考えてしまう。意識の外に置こうとしても気がつくと思い出してしまう。

これじゃ、病気じゃないか……。

嘆息をひとつ。

気分を切り替え、淳は再びマウスホイールを回して残りのページを見ていった。

一口にスモモと言っても実はたくさんの種類があるらしい。色も形もそれぞれ微妙に違っていて、見ていて飽きなかった。

「ついでの一口メモか、どれどれ」

興味を引かれてリンクをクリックした淳の目に、不意に『巴旦杏』という文字が飛びこんできた。

「え？」

一瞬心臓がドキッとなる。

貴之のことを考えすぎて、目までおかしくなったかと思ったほどだ。

わずかに身構えた淳だったが、すぐに自分の考えすぎだとわかった。どうやらスモモの宣伝文句のひとつとして巴旦杏という言葉が使われるらしい。

「やっぱり有名な故事なんだな」

忘れられなくなる味というのだから、確かにいい謳い文句になるだろう。

身に染みついた仕事の癖で説明文を読み出した淳は、けれどすぐに首を捻ることとなった。

「……あれ？」

主立ったコピーに目を通したものの、故事には一言も触れていない。それどころかスモモの別名として単純に言い換えているだけだ。

淳は口元に手をやり、考えはじめた。

もし自分がこの広告を担当したとしたら、こんなふうには書かない。貴之が教えてくれた『大切な思い出』というキーワードを随所に織りこんでアピールする。その方が印象に残るし、買ってみたい、贈ってみたいと思わせることができるからだ。

だったらどうして……？

画面上の情報を悉に追う。それまで読み飛ばしていた生産農家の名前をふと視界に捕らえた瞬間、自分でも不思議なぐらい頭の中で一本の線が繋がった。

『おいしいスモモをまごころこめて――にしざき李《すもも》ファーム』

そう。スモモは漢字で『李』と書く。貴之の想い人と同じ名を。

「あ………」

血の気が引く。

呼吸が止まる。

淳はふるえながらすべてを悟った。

――そういう、ことだったのか……。

大切な思い出と言われた意味がようやくわかる。巴旦杏は貴之にとって、今は亡き想い人そのものだったのだ。

「他のすべてを忘れても、スモモのことだけは忘れなかった」

貴之の言葉を嚙み締める。

それがどれほど重たいものだったかなんて、あの頃の自分は気づきもしなかった。なにも知らずに、よっぽどおいしかったんだろうなぁなんて呑気に笑っていたのだ。

彼の心を占めるあまりに大きな存在に、なすすべ《べ》もなく俯くしかない。

暗い部屋の中、ディスプレイの灯りだけが寄る辺ない心を照らし続けた。

＊

それからというもの、淳は貴之と距離を置くようになった。

レストランに行かない代わり、夜遅くまでがむしゃらに働く。いつも終電の時間を気にするようになったし、夕食もコンビニのカップ麺や売れ残りの弁当に戻った。身体は多少しんどかったけれど、集中している間は余計なことを考えずにいられた。

先日まで調整していた製品カタログは無事に下版《げはん》し、印刷工程に進んでいる。

最近は店頭に飾るポップや、バックシートなどの最終調整をしているところだ。どれも客の注意を引き、足を止めてもらうため、そして商品のよさをアピールするための大切なツールである。

制作会社から上がってきたばかりのデータをひとつひとつ確認しながら、淳は空腹を訴える胃のあたりを服の上からそっと押さえた。

午前中の会議が昼休みに入っても終わらず、かつ午後一で別の打ち合わせが入っていたため昼食を食べ損ねたのだ。慌ただしくあっちの会議室、こっちの部屋と駆け回っていたせいで、デスクの引き出しにストックしてある栄養補助食にも手をつけられずにいた。

おかげで腹は減ってはいるが、我慢できないほどではない。どのみち残業中に軽く摘まむつもりでいたからその時食べればいいだろう。

手早くデータをチェックし終え、その結果をメールで送って、淳は席を立った。

「あ、朝倉。休憩行く？」

隣の席でパソコンを睨んでいた矢代が顔を上げる。こっちはこっちで、プロモーションムービーのチェックバックで忙しそうだ。

「矢代大変そうだな。コーヒーでも買ってこようか？」

「いや、俺も行く」

「大丈夫なのか？」

最終仕様に合わせて細かな修正指示をしないといけないと聞いていたけれど。

そう言うと、矢代は「まぁ、なんとかなんだろ」と肩を竦めながら淳を休憩へと促した。

喫煙《きつえん》ブースの隣に自動販売機が並んだだけの休憩コーナーは、販促部の部屋を出て廊下をまっすぐ行った突き当たりにある。肩を並べて歩きながら、これまでは息抜きをするたびにそこで缶コーヒーを買っていたっけと思い出した。

しばらくはそれをお茶に切り替え、一度など給湯室でティーパックの緑茶を煎れたこともあったのだけれど、最近ではもっぱら水だ。図らずも中国茶に慣れた舌は甘いコーヒーに戻るのを嫌がり、けれど毎度お湯を沸かすのも面倒で、ならばと一番無害そうなミネラルウォーターに落ち着いた。

自動販売機に小銭を入れながら矢代がこちらをふり返る。

「どれがいいんだ？　ついでだから奢《おご》ってやるよ」

「へっ？」

「休憩だろ。ほら早く言え。言わないとおしるこにしてやるぞ」

「それただの嫌がらせだろ。てか、なんでこの時期におしるこなんて売ってんの、この自販……」

半《なか》ば脱力しながらブラックコーヒーの見本を指す。

矢代はそれをチラと見るなり、なぜか隣のカフェオレのボタンを押した。

ガラガラ、ガシャン！　といつものように大きな音を立てて缶が滑り出てくる。

「なにも入ってないやつがよかったのに」

「空きっ腹にブラックなんて飲んだら胃ィおかしくすんだろ。カフェオレで我慢しろ」

自分用にコーヒーを買い足しながら、矢代がなんでもないことのようにさらりと返した。

「お昼食べてないって、知ってたんだ？」

「昼になっても戻ってこなかったくせに、午後一のミーティングに出てたって聞いたからな。適当になんか食やぁいいのに、おまえときたら水ばっか飲んで……」

「ちょうどバックシートの確認依頼が来てたし、議事録も先に送らなくちゃと思って」

「だからおまえは……」

大きくため息をつかれ、淳は意味がわからずに首を傾げた。

「この頃ワーカホリックだって自覚してるか？」

「え？」

「仕事が忙しいのはまぁ、いつものことだけどさ。朝倉はなんか、無理やり没頭してるっぽく見えるんだよな」

どういう意味だろう。貴之のことなら確かに今は横に置いておきたいという気持ちはあるものの、意地になって無視しているつもりはないのに。

答えを返せずにいるうちに、それをなんと誤解したのか、矢代はコーヒーを飲む手を止めて顔を顰めた。

「前におまえと呑んだ時、『他人の家庭に踏みこむのはルール違反だ』って言ったの、覚えてるか？今でも間違ったこと言ったとは思ってないけど、おまえの話ももっとちゃんと聞いてやればよかったって思ってた」

「え？」

「おまえが、どうにもならない恋愛に嵌まって苦しんでんじゃないかって」

家庭のある女性に許されぬ想いを寄せ、自棄《やけ》になるあまり自分を仕事に追いこんでいるんじゃないかとずっと気になっていたという。

「矢代……」

いつになく真面目な表情に、彼がほんとうに心配してくれていることをひしひしと感じる。さりげなく一緒に休憩を取ったのもこの話をするためだったんだろう。

そうだ、そういう人だった。おちゃらけたところもあるけれど、根は真面目で、とても面倒見のいい人だった。おはようと声をかけ合うなり顔色が悪いと気がついてくれるような。

「……心配かけてごめん。俺、矢代が同期でよかった」

しみじみと呟くと、矢代は意外そうに目をぱちくりさせた。

「朝倉？」

「ヘタってると気づいてくれたり、仕事でもフォローしてくれたり……。愚痴聞いてくれたり、励ましてくれたり。忙しくて大変な時もあったけど、頑張ってこれたのは矢代がいてくれたからだなって今すごく思った」

「なんだよ急に。奢ってやったカフェオレの礼か？」

「たまには持ち上げとこうと思って」

矢代が話を茶化すのは、彼が照れ屋だからだと知っている。だから淳もそれに乗ってひょいと肩を竦めてみせた。

話したのは淳の本音だ。それは矢代にも伝わっただろう。自分のことだけで頭がいっぱいになっている時でさえ、気にかけてくれる存在がいたのだと思うとうれしかった。

「仕事でちゃんと恩返しするから」

「期待しないで待っててやるよ」

コーヒーを飲み終わった矢代がゴミ箱目がけて空き缶を放る。学生時代にバスケットボールをしていたという彼は狙いを外したことがなく、缶はきれいに放物線を描いてゴミ箱の中へと吸いこまれていった。

うまいもんだ。特技があるというのはうらやましい。……まぁ、そんなことを言っても矢代のことだから、「こんなの特技でもなんでもねーよ」と顔を顰めてみせるだろうけど。

目を細める淳をよそに、矢代は大きく伸びをした。

「さーて、仕事仕事っと……。あ、そうだ。おまえが出してた決裁書、経理まで回付《かいふ》が終わったから取りに来いってさっき伝言受けたんだった」

「そういうのは先に言えって」

「そしたらおまえ、休憩やめて経理部に走っていったくせに」

「う……」

さすがは矢代、こちらの行動などお見通しらしい。

言葉に詰まった淳を見てケタケタと笑った同期は、意気揚々《ようよう》と部屋に戻っていった。

「さて、俺も仕事だ」

矢代のおかげでいつもの調子が戻ってきた。残り時間も頑張らなくては。

淳はくるりと踵を返し、経理部のあるフロアに向かう。あいにくエレベーターは一階で止まっていたので、二階分ほど階段で行くことにした。

行きは降りるだけなので楽チンだ。コツコツと靴音《くつおと》を響かせながら半階ほど階段を降り、踊り場でくるりと身体の向きを変えた時だった。

「朝倉さん」

思わず口を突いて出た、というように貴之から名を呼ばれる。向こうは販促部に戻ろうとしていたところらしく、ばったりと顔を合わせてしまった。

「……」

その途端、不覚にも胸がざわっとなる。

緊張は貴之にも伝わったのだろう。端整な顔がわずかに曇った。

彼の家から足を遠ざけてからというもの、プライベートな話には一切触れていなかった。同じ部署で働いてはいるものの、お互い担当する仕事も勤務時間も大きく違う。今では短い挨拶をするだけの関係だ。淳の方からあえてそうした。

——貴之の中に生き続けている、スモモという名の想い人。

その存在に自分は戸惑い、もやもやとし、そして打ちのめされている。どうしてなのかは自分でもわからない。それでも、ひとりになるとそればかり考えてしまうのが嫌で、無理やり仕事に没頭するようになった。

だから、こんなふうに向き合ってしまうとなにを話せばいいか困ってしまう。

戸惑うのが透けて見えたのだろう。ややあって、貴之が静かに嘆息するのが聞こえた。

「最近またお忙しそうですね。遅くまで残っていると聞きましたが、夕食は召し上がっていらっしゃいますか」

「……ええ。まぁ、なんとか」

それ以上の追及を避けるために曖昧に答える。

ほんとうのことを打ち明けたら今すぐレストランに引っ張っていかれるかもしれない。買ってくるだけの味気ない夕食は喉を通らない時もあり、ひどくなると腹になにか入れるだけで胃がキリキリと痛むことさえあった。

どんなに仕事が忙しくたって、カタログを下版する時ですらこんなに神経質になったことはない。もともと身体は丈夫な方で、それだけが取り柄《え》だったのに今やすっかりこの体《てい》たらくだ。

「どうもお顔の色がすぐれませんね。もしお嫌でなければ、またおいでになりませんか」

「え？」

「今日でなくとも、朝倉さんのご都合のいい時にお立ち寄りいただければと思いまして」

「あ、いや……」

誘われるとは思っていなかった。意図的に避けていることなど、貴之も気づいているだろうに。

「せっかくですけど……すみません。まだまだ仕事が詰まってて」

「休日でも構いませんよ」

「や、そこまでしてもらうわけには……。それに、休みの日はだいたい家で寝てますし」

この間なんて起きたら夕方だったんですよね。

そんなだめ押しに、貴之は曖昧な苦笑を浮かべる。

けれどその顔にははっきりと、腑《ふ》に落ちないと書いてあった。

当然だ。はじめて巴旦杏を訪れたのは土曜日のことだったし、その後も足繁《あししげ》く通った。今さら遠慮する方がかえって不自然というものだろう。

――でも……。

これ以上距離を縮めるのが怖い。

貴之の想いに触れたくない。

その先を考えただけで胃がシクリと痛み、淳は思わず胸を押さえた。

「どうかなさいましたか。どこか痛むところでも？」

「いえ、なんでもないんです。ちょっと腹減ったかなって」

貴之はなおも、なにか言いたそうにじっとこちらを見下ろしている。

そんな空気が耐えがたく、どうにかして切り抜けなければと思い巡らせていたところで、階下から勢いよく階段を駆け上がってくる音が聞こえた。

「なんだ、ここにいたのかよ」

「矢代。おまえ、部屋に戻ったんじゃなかった？」

てっきり先に戻ったと思っていたのに。

そう言うと、矢代はやれやれと肩を竦めてみせた。

「おまえが帰ってきたら相談しようと思ってたことがあったんだよ。いつまで経っても戻ってこないから、こりゃ経理で摑まってんなと思って行ったらそこにもいないしさ。……ほら、決裁書」

「あ、サンキュ」

「なんだって俺がお遣いしてんだっつーの」

「うん。ごめん」

顔を顰める矢代についつい笑ってしまう。

「それで、俺に相談って？」

「あぁ。今夜呑み行くぞ」

「……それ、相談じゃなくて決定事項じゃない？」

「そうとも言うな」

今度は矢代がニヤリと笑い、淳は短い嘆息でそれに応えた。

なんでも、いつも制作を依頼しているデザイン事務所に新しいメンバーが入ったとかで、歓迎会に誘われたのだそうだ。ここまで親しいつき合いをする仕事先は滅多にないが、この事務所とは十年来の長いつき合いで、顔合わせや打ち上げなど宴席を設《もう》けたことが何度もある。

「二十時に赤坂《あかさか》。イタリアンだそうだ。なんとしてでも十九時半までに仕事終わらすぞ。俺らが行かなかったらアウトだからな」

「課長は？」

「部門長会議で遅れるってよ。恩田さんは出張でいないし」

ここにいる貴之も最初から頭数に入っていない。自分たち若手ふたりでなんとかしなければいけないようだ。

急な呑み会の誘いにあまり気は進まなかったものの、そこそこ顔のわかるメンツだし、これまでのつき合いもある。それに、大勢でいれば余計なことも考えずにいられるだろう。

「わかった。行くよ」

承諾《しょうだく》すると、矢代は「よしよし」とばかりに大きく頷いた。

「これでワーカホリックな朝倉をデスクから引っぺがせるな」

「え？」

「恩返しその一だと思って、キリキリ仕事片づけろよ」

先に戻ると言い置いて矢代が階段を駆け上がっていく。

その後ろ姿を見送りながら、自然と頬がゆるむのが自分でもわかった。

——強引なくせに、そういうとこやさしいんだよな……。

だからついつい甘えてしまう。

手渡されたばかりの決裁書の表紙に目を落とす。ずらりと並んだ捺印《なついん》を数え、あと少しで完了だと気合いを入れ直した時だった。

「差し出がましいことを言うようですが……」

黙ってやり取りを聞いていた貴之が口を開く。

「どうしても行かないといけないものなのでしょうか」

「え？」

「他の会社の歓迎会よりも、身体を休める時間の方が今の朝倉さんには必要だと思いまして」

言わんとしていることを察し、淳はわずかに眉を寄せた。

「あそことは長いつき合いなんです。それに今日は恩田さんもいないし、課長は何時になるかわからない。行けるのは矢代と俺くらいですから」

なにせ貴之は最初から候補にも入っていない。

言外《げんがい》にそれを仄《ほの》めかすと、彼はバツが悪そうに項垂《うなだ》れた。

「そう…ですね。お気を悪くされたらすみません。ですがせめて、お酒は控えめにしてくださいね。なるべくあっさりしたものを召し上がって。それから……」

親切のつもりで言ってくれていることはわかっている。

それでも、矢代が親身になって心配してくれていることも知らず、その気遣いを頭ごなしに否定されると、矢代まで悪者にされるようで嫌だった。

それに、ほんとうは知っている。貴之が淳の体調を気にするのは彼が薬膳料理人だからだ。

想い人の遺志を継ぎ、ひとりでも多くの人に薬膳の素晴らしさを伝えるべく一生懸命だからなのだ。

彼の言葉はレストランを訪れた客すべてに向けられている。決して自分だけのものじゃない。

「……っ」

ズキン…、と胸が痛んだ。

空腹に胃が絞られるような痛みではない。鋭く先の尖ったものを心臓に突き立てられているような、息もできない苦しさに顔を歪《ゆが》めるしかなかった。

誰にでも同じことを言うくせに。

ほんとうに心を砕《くだ》きたい相手は淳ではなく、亡くなった義兄、ただひとりだろうに。

――ち、くしょ……っ。

悔しさと同じだけの虚しさで頭の中が飽和《ほうわ》しそうだ。

小さな嘆息を聞いた瞬間、淳の中でなにかがプツンと音を立てて切れた。

「清水さん」

まっすぐに貴之を睨み上げる。腹の底から湧《わ》き上がる黒い感情を思うさまぶつけてやるために。

「俺は、スモモが嫌いです」

「え？」

突然のことに貴之は戸惑っている。

その反応がわざとでないことはわかっていても、苛立《いらだ》ちに任せてためらうことなく二の句を継いだ。

「でも、過去に囚《とら》われるあなたはもっと嫌いだ」

「なに、を……」

「李下《りか》に冠《かんむり》を正さず、でしたっけ。スモモの前だと目が眩《くら》んでしまうから」

「――――！」

貴之がはっと息を呑む。

淳の言わんとすることの意味を悟ったのだろう。みるみる青ざめていくのを見上げながら、自分がこんなに意地の悪い人間だったとはじめて知った。

あんなによくしてもらったのに。

おいしいご飯を食べさせてもらったのに。

それでも。

――他のすべてを忘れても、スモモのことだけは忘れなかった。

巴旦杏は中国の故事なんかじゃない。彼が想いを寄せるたったひとりの人の名だ。

「…………」

どれくらい見つめ合っていただろう。実際の時間は一分にも満たなかったかもしれない。けれど淳には五分にも、十分にも思える長い長い沈黙だった。

「欺《だま》すつもりはなかったんです」

貴之が重い口を開く。

「義兄のことを伏せるには、ああ言うしかなかったのです」

確かに、あの話をしたのは貴之が許されぬ想いを抱いていたと知る前のことだ。

だが、それがなんだと言うのだ。

「不快な思いをさせてしまって、ほんとうにすみませんでした」

貴之が深々と頭を下げる。

それを茫然と見つめながら、心を内側から引っ掻かれているような、どうしようもない焦燥感《しょうそうかん》に苛《さいな》まれた。

これはなんだ。自分はどうしてしまったんだ。謝られるほど腹が立ってしかたがないなんて。嘘をついていたと認められることがこんなにも悔しくてたまらないなんて。

「……そう、ですよね」

辛うじて絞り出した声は掠れていた。

それを悟られたくなくて、淳は平気なふりをする。

「しかたないですよ。大切な人のことなんて、そう簡単にペラペラ喋れるもんじゃない」

「朝倉さん」

「ほんとうのことを話す価値が、俺になかっただけのことです」

「違うんです。それは私が……」

「俺が！」

勢い任せに言葉尻を奪った。

「不用意に踏みこんだせいです。清水さんに嘘をつかせるぐらい。……ちゃんと距離を取っておけばこんなことにはならなかった。もっと早く、目を覚ませばよかった」

喋りながらこんな自分が嫌でしかたなくなる。ただの八つ当たりだとわかっていても、後悔の大きさの分だけ言葉は口を突いて出た。

無意識のうちに強く握っていたのか、決裁書の束《たば》が手の中でくしゃりと音を立てる。

それに我に返った淳は奥歯を噛み締め、貴之からそっと目を逸らした。

「先に戻ります」

俯いたまま踵を返す。

背中に痛いほど視線を感じながらも、ふり返ることなく淳は階段を上り続けた。

貴之とはギスギスしたまま一週間が過ぎた。

仕事はあいかわらず忙しく、この頃毎日のように終電に駆けこんでいる。それでも事態は収束《しゅうそく》する気配もなく、それどころか次の製品のカタログ原稿が届いたおかげで今度はそちらのチェックに追われる始末だ。

「今夜、帰れるかな……」

デスクに積み上がった確認待ちの書類を見遣り、淳は長いため息をついた。

家に帰れなかったからといって、ひとり暮らしの淳を待つ人はなく、誰かとの約束もないけれど、せめて家で一夜を明かしたい。昨夜《ゆうべ》のようにふらふらと座椅子に座った途端に、その場で撃沈してしまったとしても。

「帰る……俺は帰るぞ……」

自分に言い聞かせながら、淳は意を決してタワーを成す書類に手を伸ばした。

なぜ淳がこうも孤軍奮闘しているかというと、今日に限ってどうしても外せない用事があるとかで矢代が定時で帰ってしまったからだ。

日頃世話になっている相棒を引き留めるわけにはいかないので、それならと先輩である恩田に助けを求めようとして、彼が社外の打ち合わせに引っ張っていかれたことに後から気づいた。課長のお伴《とも》だ。こちらはこちらでアクシデントが発生したと聞いている。とても淳の泣き言につき合ってくれそうな雰囲気ではなかった。

いつもはひっきりなしに電話が鳴り、人の話し声やプロモーションムービーの音などでざわついていることの多い部屋が、こんなふうにシンとしているだけで妙に落ち着かない。残業は毎日のことだけれど、誰もいないのははじめてだった。

とはいえ、やらなければ終わらないのだ。

「よし」

淳は気合いを入れ直すと、デスクライトの灯りを頼りに黙々と赤ペンを走らせはじめた。

文章がわかりにくかったり、読んでいて引っかかるところなど、気になった箇所にどんどん赤字を入れる。商品説明をチェックしているうちはまだよかったのだが、小さな字がびっしり並ぶ商標一覧を見ているうちに頭がぼんやりしはじめた。

ただでさえ、昨夜は座椅子で寝落ちしたせいでどうも眠った気がしない。重たい身体を引き摺《ず》ってベッドに移ったのは明け方になってからだった。

「ふあ……」

もう何度目かもわからない欠伸に口を押さえる。眠い目を擦りながら黙々と確認を続けるものの、気づくと船を漕《こ》いでいる有様で、同じ行を何度も読み返してははじめに戻ることをくり返した。

「だめだ。ちゃんと……、見なきゃ……」

自分の声さえ徐々に遠くなっていく。

右手から赤ペンが滑り落ちるのを感じ、いけない、と思ったところまではぼんやり覚えていたのだけれど——。

「…………ん……」

背中になにか、あたたかいものがかけられる気配に目が覚める。ゆっくりと瞼を持ち上げた淳は、デスクライトの眩《まぶ》しさに思わず顔を顰めた。

ぼんやりと見えるのは肘の下で皺になっている原稿とカタログ。そして床の上に転がった赤ペン。

——どうして、あんなところに……？

一瞬遅れて途切れる直前の記憶が甦る。

「……っ」

自分が眠ってしまっていたのだと気づいた淳は慌てて身体を起こしかけ、今度は「おっと」という聞き慣れた声に身を竦めた。

「え？　清水さん、な、なんで……？」

驚きに声が跳ね上がる。

そこには、とっくの昔に帰ったはずの貴之が立っていた。

「驚かせてしまいましたね。申し訳ありません」

「い、いえ……」

慌てて首をふったものの、心臓はなおも早鐘《はやがね》を打っている。それは面にも表われていたのだろう、貴之は困ったように形のいい眉を下げてみせた。

「よく眠っていらしたので、せめて風邪を引かないようにと……」

そう言われてはじめて、肩にかけられた薄手のカーディガンに気づく。エアコンの風が当たるのが苦手だと言って、貴之が羽織《はお》っているのを何度か見かけたことがあった。

清水さん、の……。

意識した途端、胸がきゅっと苦しくなる。背中を包むあたたかなものが彼のぬくもりのように思え、そんな自分を戒《いまし》めるために淳はひと思いにカーディガンを取った。

「お気遣いありがとうございました。それより、清水さんはどうして？　お店はいいんですか？」

「今日は、水曜ですから」

貴之が静かに答える。

店休日だと言外に告げられ、そんなことも忘れていたのだとはっとした。

仕事に忙殺《ぼうさつ》されていたせいで今日が水曜だということにも気づかなかったのか、それとも足繁く店に通いすぎて店休日という概念自体をなくしていたのか――はっきり答えを出したくなくて淳はゆるく首をふる。

俯いた視界に、不意に黒いトートバッグが差し出された。

「朝倉さんに差し入れをお持ちしました」

「え……？」

「スープです。どうぞあたたかいうちに召し上がってください」

思いがけない言葉に、弾かれたように顔を上げる。

「毎日遅くまで頑張っていらっしゃいますね。私でお力になれることがあればよかったのですが……こんなことぐらいしか、お役に立てそうなことが思いつきませんでした」

「清水さん」

「どうか無理はしないでください。朝倉さんが心配なのです」

真剣な様子に目を逸らすこともできないまま、淳はトートバッグを受け取った。

保温容器に入れてあるのだろう。包みの上からでもあたたかく、いい匂いがする。懐かしい香りをかいだ途端、あの円卓で一緒に食事をした時のことが甦り、胸の奥がズキン…、と疼いた。なにも知らなかったあの頃。与えられるものを甘受《かんじゅ》して、それで心を弾ませていられた。すべてを知った今となってはなにもかも虚しいだけだ。そんなふうにやさしくされると胸が痛くなるからやめてほしい。

「……清水さんって、変わってますね」

ぽつりと言葉が出た。

「俺、ひどい言葉であなたを詰《なじ》ったのに」

――過去に囚われるあなたはもっと嫌いだ。

傷つけるとわかっていて言った。思い知らせてやりたいとさえ思っていた。

それなのに。

じんわりと手のひらに伝わるあたたかさが彼そのもののようで泣きたくなる。ほんとうは受け取る資格なんてないのに手を離すことが恐いなんて。

どんな顔をすればいいかわからずに下を向く。

わずかな沈黙の後、不意にあたたかなものが髪に触れた。

「……っ」

貴之の手だ。あの節くれ立った大きな手が、大切なものに触れるようにそっと髪を撫でている。

緊張で身をかたくするばかりの淳に、貴之は静かに「朝倉さん」と呼びかけた。

「こんなことを言うなんておかしいと思われるかもしれませんが、あなたと親しくさせていただけてうれしかったのです。こんな私にも普通に接してくださって……だからこそ、あなたにみっともないところを見せたくなかった。私は狡《ずる》い人間です。呆れられてもしかたがない」

低く、おだやかな声。自責の念に駆られてさえその声は凜としたところを失わない。

「もっと早く目を覚ませばよかったと言わせてしまったことを心から申し訳なく思っています。それを謝りたくて、今夜ここに来ました」

「ま、待って」

いても立ってもいられず、淳は無理やり割って入った。

「謝るのは俺の方です。こんなふうにしてもらってうれしいのに、なのに……ちゃんとうれしい顔もできない」

「そんなふうにご自分を責めないでください。受け取っていただけただけで私には充分すぎるくらいですから」

「清水さん」

「……いけませんね。私はあなたに甘えてばかりだ。つい許されたような気になって」

嘆息とともに貴之がそっと手を離す。

ぬくもりが遠ざかっていくことを寂しいと思ってしまい、そんな自分に気がついて淳は奥歯を嚙み締めた。

「義兄の件を打ち明けたことで、あなたに不快な思いをさせてしまった。同性を想うなんて気持ちが悪いと感じたでしょう。……すみませんでした」

「そっ、そんなこと」

気持ちが昂るあまりどもってしまう。

同性を慕《した》った貴之を気持ち悪いと思ったことなんて一度もないのに。自分が彼にそう見られているのだと思ったら、腹の底から沸々《ふつふつ》としたものがこみ上げてきた。

「そんなことないです。そういうふうに言ってほしくない」

音を立てて席を立つ。

「仮《かり》にも本気で好きだったんでしょう？　今もまだ好きなんでしょう？　自分の気持ち、自分で否定したらかわいそうです」

貴之は驚いたように目を瞠っている。

あふれ出すものを押さえきれないまま、淳は懸命に言葉を継いだ。

「清水さんの気持ちは、清水さんが大切にしてあげなきゃ。俺は気持ち悪いだなんて思ってないし、たとえ俺がそう言ったとしても負い目を感じる必要なんてないんです。清水さんの気持ちは清水さんだけのものだから」

「朝倉さん……あなたという人は…………」

貴之は独り言のように呟いて薄い唇を引き結ぶ。その眼差しがここではないどこか遠くを見ていることなど百も承知で、淳は静謐《せいひつ》な横顔を見つめ続けた。

どのくらいそうしていただろう。

ふっと弛緩《しかん》するように息を吐いた貴之が、やおらこちらに向き直った。

「あなたには敵《かな》いません。洗い浚《ざら》い持っていかれてしまう」

「え？」

それはどういう意味だろう。

首を傾げながら答えを待つ淳を見下ろし、貴之は静かに目を細めた。

「あなたには、忘れてほしい話ばかりしてしまいます」

それって……。

手の内を見せるのは淳にだけだ――――そう言われた気がして、心臓がドクン…、と大きく鳴る。

淳は息を吸いこむと、覚悟を決めて貴之を見上げた。

「俺に吐き出して、清水さんが楽になるならいくらだって聞きます。でも俺は忘れません。ほんとのことを話してもらえる人間になれたってことだから」

「朝倉さん……」

痛いくらい真剣な眼差しに息を詰める。そんなふうに見つめられるのははじめてのことで、知らず胸の奥が疼くのを感じながら淳は漆黒の目を見つめ返した。

「……もし、嫌でなければ」

貴之がためらいがちに口を開く。

「また一緒に食事をしていただけませんか。今度は私の家ではないところで」

「でも、それだと料理できないのに」

「義兄のこと抜きで、朝倉さんと食事がしたいのです」

「え？」

「今度は私があなたを知る番です」

毎日のように顔を合わせ、それなりに親しくなったつもりでいたけれど、淳が貴之を知るほどには貴之は淳を知らずにいたことに遅まきながら気づいたという。

「俺なんて別に、おもしろいことも……」

どこにでもいる普通のサラリーマンで、課長や先輩に扱《こ》き使われる入社三年目の若造《わかぞう》だ。

ひとり暮らしのアパートは散らかり放題で、無駄に生活感にあふれている。何度か来たことのある矢代など「よく言えば落ち着く、悪く言えば汚い部屋」と一刀両断するような暮らしぶりだ。

特に語って聞かせるようなこともないのだけれど、それでも貴之は譲らない。

「些細《ささい》なことでも私にとってはうれしいものです」

「そう、ですかね……？」

貴之と違って華やかさとは無縁に生きてきた人間なのに、そんな自分の話を聞いてほんとうに彼は楽しいのだろうか。

訝《いぶか》るのを拒絶と勘違いしたのだろう。貴之は顔を曇らせながらも、努めておだやかに微笑んだ。

「すみません。無理にお誘いしてしまいましたね」

「あ……」

「気が向かれたら、またこの間の定食屋さんに行きましょう。お弁当を忘れた日にでも」

それでは、と言い残して貴之が踵を返そうとする。

どうしてかはわからないけれど、彼からの誘いを社交辞令のひとつにされてしまうのが嫌で、淳はとっさに貴之のシャツの袖を引いた。

「行く。行きます、夜ご飯。いつでも」

「朝倉さん？」

「嫌とかじゃないです。ほんとです」

勢いこんで捲《まく》し立てたせいで貴之は驚いたように目を瞠っている。

けれどすぐに、ふわりと頬を綻《ほころ》ばせた。

「そう言っていただけてうれしいです」

花が咲いたようなおだやかな笑みに、どうしてだろう、鼓動が逸る。トクトクと早鐘を打ちはじめた胸を服の上から押さえながら淳は戸惑いに目を泳がせた。

――なんだ、これ……。

そうしている間にも心臓の音はどんどん大きくなっていく。これ以上向き合っていたら貴之に聞こえてしまいそうで、慌てて彼を入口の方に押しやった。

「飯《めし》の話はまたしましょう。俺は仕事があるのでっ」

「そうですね。私もお手伝いできればよかったのですが……」

「なに言ってんですか。亮くんひとりで置いてきてるんだし、早く帰ってあげてください」

グイグイと背中を押す淳に負けたのか、はたまた息子の寝顔でも思い出したか。貴之は軽い会釈で話を切り上げた。

「朝倉さんも、あまり遅くならないうちにお帰りになってくださいね」

「はい。気をつけて」

どうぞお帰りもお気をつけて——。

巴旦杏の前で、彼はいつもそう言って見送ってくれたっけ。それを真似《まね》たのがわかったのだろう、微笑を浮かべてふり返った貴之は、ていねいに一礼してドアの向こうへと消えていった。

「……はー」

足音が聞こえなくなるまで待って、淳は大きく息を吐き出す。

ここ最近ギスギスしながら過ごしていただけに、ふたりきりになったらどうしようと思っていたけれど、落ち着いて話ができてよかった。貴之から歩み寄ってくれたおかげだ。

「ああいうのを大人って言うんだろうな」

やさしくて、おだやかで、さりげなく相手を気遣いながらも決して押しつけがましくない。一杯のあたたかなスープのように。

「そうだ。これ……」

さっき受け取った黒いトートバッグをふり返る。

あたたかいうちにどうぞと言われたことを思い出し、急いで机の上を片づけると、淳はそろそろと包みを開いた。

「うわ。うまそう」

蓋《ふた》を開けた途端、湯気に混じっていい匂いが立ち上ってくる。黄金色《こがねいろ》に透き通ったスープには鶏肉やクコの実、それに黄色い花のつぼみがたっぷりと入っていた。

前も食べた金針菜のスープだ。元気のない時や、憂鬱な時に効果があると言っていたっけ。

「清水さん、気にしてくれたのかな」

観察眼の鋭い彼のことだ、少しでも淳の助けになるようにと思いがこめられているに違いない。

目の前のあたたかなスープが一層特別なものに思える。静かに「いただきます」と手を合わせると、淳はスープを一匙《ひとさじ》レンゲで掬った。

鼻を近づけただけで胃がぐうっと大きな音を立てる。早く食べたいと急《せ》かしているのだ。

逸る気持ちを抑《おさ》えてそっと一口啜った途端、うまみがじんわりと口の中に広がり、身体の隅々まで染み渡っていくのがわかった。懐かしい貴之の味だ。満たされるとはこういうことなのだと理屈ではなく身体が感じた。

「おいしい……」

距離を置いてみてはじめて、自分がどんなに餓《う》えていたのかを思い知らされる。ほっとしたら余計腹が減ってきて、淳は夢中でレンゲを動かした。

貴之はきっと、いつもの寸胴鍋いっぱいにこのスープを作っただろう。小鍋ではうまくいかないのですと言っていたのを覚えている。

今夜、彼も同じものを食べるだろうか。それとも明日、あたため直して亮と食卓を囲むだろうか。

巴旦杏の様子が目に浮かぶようだった。

上品でありながら堅苦しいところはなく、もてなす側の心遣いを随所に感じられるあのレストラン。

厨房からは湯気に混じっていつもいい香りが漂っていた。

薬膳を通して、訪れた人をしあわせにする場所。

今は亡き人の思いを継ぎ、想いを重ねて、静かにそこに在《あ》り続けるもの。

「………そうだった……」

それに思い至った途端、落ち着きかけていた心がまたざわざわと騒ぎはじめる。スープを掬う手を止めたまま淳は一点を見つめ続けた。

貴之の心の中には大切な人が棲《す》んでいる。

それなのに、淳のことが知りたいなんていったいどういうつもりだろう。なにか特別な意味でもあるのかと勘違いしてしまいそうで怖い。

――特別な、意味……？

自問自答によからぬ答えを引き出してしまいそうになり、淳は慌てて首をふった。

「違う」

きっと違う。自分が思っているようなことじゃない。

第一、自分たちは男同士だ。いくら彼が昔同性に想いを寄せたことがあるからといって、自分までそんな気になるのはおかしいだろう。勘違いしてるだけだ。身近にそういう人間がいなかったから、もの珍しさも手伝ってちょっと興味を抱いただけだ。

――ほんとうに……？

「……っ」

己に言い聞かせようとした傍から、もうひとりの自分が問いかけてくる。スープを一口啜るたびに貴之のやさしさに内側から労られているようで、うれしいのに胸が苦しくなった。

誰かの作った料理を食べてこんなふうに思ったことなんてない。じわじわと追い詰められるような心細さに、不覚にも鼻の奥がツンとなった。

「ち、くしょ……」

こみ上げてくる熱いものを無理やり飲みこむ。差し入れを一気に平らげながら、いつの間にか彼の存在が自分の中で大きくなっていたことに否応《いやおう》なしに気づかされた。

手を伸ばしたって届かないのに。

自分では代わりにもなれないのに。

「なのにっ……」

握り締めたこぶしがぶるぶると震える。感情のやり場がわからないまま、淳はぎゅっと目を瞑《つぶ》った。

この気持ちがなんなのか、自分はもう知っている。知っていて目を逸らそうとしている。

――俺は、清水さんを………。

何度も何度も首をふる。

そうすることでしか、今の自分を保つ方法が見つからなかった。


悶々としているうちに、貴之が二日続けて会社を休んだ。

会社には病欠ということで連絡が来ているらしい。

ちょうど仕事が一段落したこともあって大きな影響こそなかったが、やはり有能な男がいないのは困る。貴之が抜けた穴を淳と矢代でなんとか埋めようとしたものの、ふたりがかりでも仕事が追いつかない有様で、彼の敏腕ぶりにあらためて感服《かんぷく》させられるばかりだった。

「おーい、生きてっか」

「わっ」

じっとパソコンの画面を睨んでいた頭に、コツンとかたいものが当てられる。矢代だ。

「差し入れ」

「あ、ありがと。てっきりトイレにでも行ったのかと思ってた」

「トイレ行って、一服して、ついでにコーヒー買ってきた。少しは歩き回んねぇとこのまま身体かたまりそうじゃん」

矢代が顔を顰めてみせる。お互い仕事に追われ続け、そろそろ音《ね》を上げそうなところだったのだ。

ポキポキと肩を鳴らす横で淳はありがたくカフェオレのプルトップを開けた。

「それにしても……」

同じようにコーヒーを一口啜った矢代がチラと貴之の席を見る。

「清水さん、病欠って言ってたよな。風邪だったらちょっと長引くかもなー」

「どういうこと？」

「今年の風邪はしつこいんだってさ。俺の友達なんか、一週間寝こんでガチ痩《や》せしてたわ」

「そうなの？」

「なかなか熱が下がらないらしいぜ」

真顔《まがお》で言われて、ふと嫌な予感が胸を過ぎった。

――大丈夫かな、清水さん……。

医食同源を地でいくような人だから、彼に限って、そうそう体調を崩すようなことはないと思っていたのに。

体調管理という意味では自分の方がよっぽどズボラだ。栄養は激しく偏っているだろうし、布団をかけないまま畳で寝落ちし、寒さとくしゃみで目が覚めたのも一度や二度ではない。

——だけど、もし。

熱で苦しんでいる貴之の姿が脳裏に浮かぶ。

矢代が言うようにほんとうに風邪を引いたのだとしたら、きちんと養生しているだろうか。病院には行っただろうか。薬は。食事は。亮の世話は。レストランの予約客に休業の報《しら》せは出しただろうか。

考えれば考えるほど落ち着かなくなる。自分がそわそわしたって状況はなにも変わらないと頭ではわかっているのに、ちっともじっとしていられない。

「ちょっと顔洗ってくる」

矢代に断り、淳は勢いよく席を立った。

残業中など気分を切り替えたい時に冷たい水で顔を洗うことがよくある。淳のいる販促部では課長までタオルを常備しているくらいだ。

淳は更衣室の鍵を開け、いつものように自分のロッカーの前に立つ。

ハンドタオルで代用しようと鞄《かばん》に手を伸ばしかけたところで、ふと、ロッカーの棚《たな》に置いたままになっているグレーのカーディガンが目に入った。

「そうだ。これ……」

スープを差し入れしてもらったあの夜、うたた寝してしまった淳が身体を冷やさないようにと肩にかけてくれた貴之のものだ。

ダークグレーのシックなカーディガンで、触り心地がとてもいい。着るものに無頓着《むとんちゃく》な淳にだって上質なものだということぐらいわかる。

知識がないままクリーニングに出したりしたら傷《いた》めてしまいそうで洗うに洗えず、とりあえず畳んで預かっていた。本人に聞ければよかったのだけれど、借りた翌日から貴之が休んでいたためそれも叶わず今に至る。

吸い寄せられるようにしてそっとカーディガンを手に取った。

包みこむようにやわらかく、そしてほんのりあたたかい。まるで貴之そのものだ。そんな彼が今、熱で苦しんでいるかもしれないなんて。

自分にできることはないだろうか。ほんの少しでも、なにか役に立てることは。

急く心にブレーキをかけるように、余計なことをしてはいけないともうひとりの自分が己を諫める。

「でも」

淳はきっぱりと首をふった。

彼の家庭の事情を知っているのは自分だけだ。亮だって言っていたじゃないか、貴之に親しい友人はいないのだと。他言できないものをたくさん抱えて生きている彼に、気安く家に呼べる相手がいないだろうことはなんとなくわかっていた。

だからこそ、行かずにいたら後悔するような気がする。明日も貴之が休んだら、今日行かなかったことをきっと後悔する。早く手を打ってやらなかったことを後悔する。

「でも……」

自分勝手に行動していいんだろうか。結局ただの自己満足なんじゃないだろうか。

堂々巡りをくり返す。誰かのためにこんなに悩んだことなんて、これまでただの一度もなかった。

「清水さん。俺、どうしたらいい……?」

絞り出した声は、自分のものとは思えないほどか弱く掠れている。

髪を撫でてくれたやさしい手を思い出し、縋る思いでカーディガンに頬をすり寄せた。

その途端、ふわりとやさしい香りに包まれる。金木犀を思わせる甘い芳香。

――清水さんの、匂いだ……。

それを感じた瞬間、心臓を鷲《わし》摑みにされたように胸がぎゅっと苦しくなる。身も心も、細胞のひとつひとつまでが貴之を焦がれていると痛いくらいにわかってしまった。

ドキドキと鼓動が逸る。

頭の中が貴之でいっぱいになる。

もうごまかせない。目を逸らせない。

「俺、っ……」

清水さんが好きだ――……。

これまで目を逸らし続けてきた想いがとうとう堰《せき》を切ってあふれてくる。淳はカーディガンを胸に押し当て、心の声に耳を傾けるように目を閉じた。

彼が好きだ。同じ男だけれど。会社の同僚だけれど。そして彼には想う人がいるけれど。

それでも。

「好きなんです」

本人には伝えられない、伝えてはいけない言葉だからこそ口にしただけで胸が疼く。

隣にいることはできなくとも、せめて困った時に手を差し伸べ合える関係でいたい。彼がスープを差し入れてくれたように、今度は自分が貴之を看病する番だ。

「よし」

腹を括《くく》った淳は急いで顔を洗い、席に戻る。その後はひたすら集中して一気に残件を片づけた。

「ごめん矢代。今日、定時で上がる」

終業の鐘が鳴ると同時に席を立つ。

「今日のノルマは終わらせたけど、なんかあったら明日朝一でなんとかするから」

「心配すんなって。この間は俺の方が先に帰らしてもらったからな。後やっとく」

「助かる。ありがと！」

両手を合わせて拝む真似をすると、矢代は「んな大袈裟《おおげさ》な」と肩を竦めた。ひらひらと手をふって、早く行けと促してくれる。厚意にありがたく背中を押されながら淳は慌ただしく会社を出た。

夕日がビルに反射して眩しく映る。とっぷりと日が暮れた景色ばかり見慣れている淳にとっては、それだけで非日常のように感じられた。

自然と歩くスピードも上がる。行き交う人にぶつかりそうになっては、謝りながら先を急いだ。

道中、フルーツパーラーに寄ってふたつ入りの桃を買った。

風邪を引いた時に自分だったらなにが食べたいだろうと想像し、はじめに頭に浮かんだのが缶詰の黄桃《おうとう》だったのだけれど、なんとなく貴之はあまりそういうものを好まないような気がして果物の方を選んだ。さすが老舗《しにせ》のフルーツパーラーだけあって、いつもの定食屋だったら昼食が三回は食べられそうな値段に驚きつつも、弱っているであろう貴之によろこんでもらえたらと思ってそれを買った。

電車を降り、足早に通い慣れた道を行く。落ち着けと自分に言い聞かせていないと駆け出してしまいそうだ。

ようやくのことで貴之宅に着いた淳は、肩で息をしながら家を見上げた。

レストランには灯りもなく、ひっそりと静まり返っている。

意を決して母屋の呼び鈴《りん》を鳴らすと、しばらくして、そろそろと扉が開いた。

「淳！」

出てきた亮はよほど驚いたのか、淳を見て目を丸くする。つぶらな瞳でじっと見上げてきた亮は、すぐに安心したような、少し泣き出しそうな表情になった。

「突然来てごめんな。お父さんの具合はどう？」

「お見舞いに、来たの……？」

「そうだよ。昨日も今日も会社をお休みしてたから、心配で来たんだ」

そう言った途端、亮がひしっと腕にしがみついてくる。

「パパ、熱がある。苦しそう」

顔を歪ませ、一心に見上げてくる。つき添う亮自身もひとりで心細かったのだろう。

「それじゃ一緒に看病しよう。俺も手伝うから」

「淳もやってくれるの？」

「もちろん。俺は亮くんの弟子見習いじゃないか」

それを聞いて、亮がふにゃっと表情を崩した。いつものような元気いっぱいの笑顔ではなかったけれど、さっきまでの半泣きに比べたらずっといい。

小さな頭をそっと撫でる。

亮は目を閉じ、淳の腹のあたりに顔を埋めた。

「パパみたい……」

――やっぱり、来てよかった。

くり返し頭を撫でてやりながら、淳は自分の選択が間違っていなかったことを確信した。

ひとり親の貴之が病《やまい》に伏せるとはこういうことだ。その彼だって息子に心配をかけ、落ち着かない気持ちで床に就いているだろう。

「もう大丈夫だからな」

頑張った亮を労《ねぎら》うように、そして自分を励ますつもりで力強く頷く。軽く肩を叩いて促すと、亮は腕を引いて家の中へと案内してくれた。

母屋は年代を感じさせる造りだったが、よく手入れされており、梁《はり》も柱も美しい。こんなことでもなければ一生上がる機会もなかったであろう家の中を見回しながら、淳は亮の後に続いて寝室へと向かった。

「清水さん、朝倉です」

部屋の前で控えめに声をかけたものの、応《いら》えはない。

代わりに亮が静かに襖《ふすま》を開けた。

「寝てるから大丈夫だよ」

「じゃあ、お邪魔します……」

そろそろと畳に足を踏み入れる。

中は八畳ほどの広さだろうか。ぴったりとくっつけるようにしてふたつの布団が敷いてあるのが間接照明の灯りにぼんやりと見えた。

その片方で、貴之が寝息を立てている。

部屋の隅に荷物を置くと、淳は畳の上を躙《にじ》るようにしてそっと枕元に近寄った。

会社で敏腕をふるっている姿や、厨房で生き生きと鍋をふるうのをこれまで何度も見てきただけに、ぐったりと横たわっているのがなんとも痛ましい。少しでも不快感が緩和されればと、枕元にあったタオルで額の寝汗を拭《ぬぐ》ってやった。

そうやって触れられても貴之は起きる気配もない。

「亮くん」

ふり返ると、心配そうに少し離れたところから様子を窺っていた亮が急いで傍にやってくる。隣に座るように促す淳に、亮は素直に従って正座した。

「お父さんは病院に行った？」

「うん。行った。風邪って言われた」

「お薬は飲んだ？」

「飲んだ。お昼はこれとこれ。でも夜はまだ」

そう言って、枕元の盆の上に薬袋の中身を出してみせる。医師に処方されたものを飲んでいるならまずは一安心だ。

淳は錠剤を確認しながら袋にしまい、もう一度亮の頭を撫でた。

「お薬の管理もできるなんて、亮くんはすごいな」

「ほんと……？」

「お父さんのために頑張ったんだね。お父さんも、亮くんがいてくれてすごく心強かったと思うよ」

「そっかな。そう思う？」

「あぁ。もちろん」

下を向きながらはにかんで笑う亮を抱き寄せる。ポンポンと背中を叩いてやると、ようやくほっとしたのか、徐々にいつもの調子が戻りはじめた。

「淳、あれなに？」

亮がフルーツパーラーの紙袋を指す。

「あ、すっかり忘れてた。桃を持ってきたんだ」

「俺、桃大好き。すぐ食べる？　今食べる？」

「こらこら、それはお父さんのお見舞いだぞ。それと、桃はご飯の後だ」

ぷーっと頬を膨らませる亮に苦笑しながら、淳はいいことを思いついた。

「それなら、俺に料理の手解きをしてくれないかな」

「うん？」

「お父さんの一番弟子の亮くんなら、きっとおいしいご飯が作れるんじゃないかなと思ってさ。俺は亮くんの見習いだから、手伝いながら覚えたいんだ」

病気を治し、体力を回復させるには栄養のある食事が大切だ。それを息子が作ってくれたとなれば貴之もきっとよろこぶだろう。

「おいしいお粥を作ってお父さんに食べさせようよ」

亮はようやく理解したらしく、ピンと背を正す。

「パパ、食べてくれるかな」

「大丈夫。それにきっと、元気になるよ」

「わかった。おれ、頑張る」

すっくと立ち上がった亮にグイグイと腕を引かれ、今度は台所に連れていかれる。

見知ったレストランの厨房とは違ってこちらはごく普通のキッチンだ。壁にかけられた調理器具や、よく磨かれた寸胴鍋が持ち主の料理への拘りと愛情を感じさせた。

冷蔵庫から材料を取り出しては調理台の上に並べていた亮が、ふと思い出したように動きを止め、黙ってこちらを見上げてくる。

「どうしたの?」

声をかけると、亮は一瞬ためらうように間を置いてから口を開いた。

「淳が、来てくれてよかったなって」

「亮くん?」

「最近、全然来なかったから……パパと喧嘩《けんか》でもしたのかと思ってた」

「あ……」

足繁く通ってきたかと思いきや、パタリと音沙汰《おとさた》がなくなれば気にもなるだろう。大人の勝手な都合でこんな小さい子に気を揉ませてしまった。

「心配かけてごめんな。その代わり、今日はなんでもするから」

腰を屈《かが》め、亮と目の高さを合わせる。貴之によく似た漆黒の瞳を見返しながら頭を撫でてやると、亮はようやく安心したようににっこりと笑った。

「わかった。じゃあ、ビシバシいくよ」

「師匠《ししょう》、お願いします」

亮がさっそく腕まくりをしながら指示をよこす。

「それじゃ淳、最初にこの袋開けて。それから野菜洗って。あとそれ、ぬるま湯に浸けて」

頼りにされてうれしかったのか、使命に燃える亮の指示に従って淳は次々に雑用をこなしていった。なにせ普段は食べる方専門なので、目の前に材料を置かれても、なにをどうすればいいかさっぱりわからない。

けれどそこはさすが師匠、すべてが初体験の見習いにも「お米はこうやって研《と》ぐんだぞ」「石突《いしづき》はこうやって取るんだぞ」と手取り足取り教えてくれた。

ふたりで洗った雑穀米をたっぷりの水とともに火にかける。重い鍋を扱うのはもちろん淳の仕事だ。米を炊いている間に材料を刻む作業に移る。

用意したのは山の芋や干し椎茸《しいたけ》、ほうれん草、黒豆、クコの実だ。具材がたくさん入っているところがお気に入りなのだと亮がうれしそうに教えてくれた。

「前にパパに作ってもらっておいしかった」

「そうなんだ。じゃあ今日は、亮くんがお父さんを驚かせる番だな」

「ねー」

亮はにこにこしながら彼の腕より太い山の芋をむんずと摑む。

お粥に山の芋だなんてと驚く淳に、亮は「元気を取り戻すのにいいんだよ」と教えてくれた。なんでも、山の芋は〈脾〉〈肺〉〈腎〉の気と血を補う食べもので、体力を消耗している時に摂るといいのだそうだ。

「さすが一番弟子。そういうのもちゃんと知ってるんだな」

「まあね！」

えっへんと胸を反らせた亮はさっそく山の芋を切りはじめる。

けれどそのぬめりには苦戦を強いられるようで、ぬるぬると滑る芋を小さな手で押さえながら息を殺して包丁を入れるのを見守るこちらの方が知らぬ間に肩に力が入ってしまった。

「わあっ」

「どうした。切ったか」

「これ、ぬるってなってズレた」

「なんだ……」

せっかくきれいに切ってたのにと唇を尖らす亮の横で、手だけは切るなよとハラハラする。できることなら代わってやりたいけれど、こと料理に関しては出られる幕はまったくない。

大騒ぎしながら刻んだ材料を順番に粥に混ぜ、調味料で味を調えた。

具の大きさが不揃いなのはご愛敬《あいきょう》だ。米もやわらかすぎたかもしれないし、クコの実もちょっと色が抜けかけているけれど、味だけは自信を持っておいしいと言える。何度も味見をして、ふたりがいいと思うものができた。

「元気の出るお粥、完成！」

亮がうれしそうに万歳《ばんざい》する。

そして、せっかくだからと一緒にお茶も持っていくことになった。

「熱がある時は白茶《バイチャ》だね」

「白茶？」

「これ。白牡丹《バイムーダン》っていうの」

そう言って亮は茶葉を見せてくれる。

ほわほわと白い産毛《うぶげ》の生えた、やわらかそうな葉っぱだ。工芸茶ほどではないが、これもまた自分の知っているお茶のイメージとはだいぶ違っていて驚いた。

亮は、蓋碗《がいわん》と呼ばれる蓋つきの器《うつわ》に茶葉を入れてお湯を注ぐ。かたい葉を潤《うるお》すために一煎目《いっせんめ》のお茶を捨て、ていねいに入れた二煎目を茶杯に注いだ。

流れるような仕草でお茶を煎れるのを見ていると、彼がまだ八歳の少年だということを忘れてしまいそうになる。

さすが一番弟子。

亮が自慢するのも頷ける。お粥もお茶もおいしそうなのがなによりの証拠だ。それを今すぐ貴之に届けるため、茶碗と茶杯をお盆に載せてふたりは再び寝室に戻った。

「パパ。パパ、起きて。ご飯できたよ」

容赦《ようしゃ》なく部屋の電気を点けた亮が父親をゆさゆさと揺さぶる。

目を覚ました貴之はゆっくり身体を起こしかけ、淳に気づいて目を瞠った。

「朝倉、さん？」

「突然すみません。お邪魔してます」

盆を持ったままぺこりと頭を下げる。

それに会釈を返したところで我に返ったのか、貴之は目に見えて慌て出した。

「まさか、おいでになるとは……こんな格好で……みっともないところをお見せしました」

わたわたと手櫛《てぐし》で髪を整えるのが貴之らしくなくて、なんだか微笑ましい。いつもは泰然としている彼にもこんな一面があるのかとむしろ好ましく思えたくらいだ。

「俺の方こそすいません。寝こんでる時に上がらせてもらって」

「いいえ。それよりも、今日はどうされたのですか」

「ちょっとした師弟交流を」

亮と顔を見合わせてニッと笑う。

畳の上に盆を置くと、それを見た貴之がまたも目を丸くした。

「作ってくださったんですね」

「亮くんが作ったんですよ。準備したのも、材料を刻んだのも、全部亮くんが頑張りました」

「お米はふたりで研いだんだよねー。あと、味つけも淳と一緒にやった」

「お茶を煎れたのも亮くんですよ。すごく上手にできたよな」

ふたりで代わる代わるに報告する。

勢いに押されてはじめはぽかんとしていた貴之も、みるみる口元を綻ばせた。

「ふたりとも、どうもありがとうございます。さっそくいただきます」

お茶を飲んではその香りを褒め、お粥を食べてはその味を褒めと、貴之は惜しみなく感謝の気持ちを言葉にする。心からよろこんでくれているのが伝わってきて、そのたびに淳は亮とガッツポーズを出し合った。

「粥も茶も、熱が出た時にありがたい献立《こんだて》ですね。これは亮が？」

「そう。おれが案を出したの。山の芋のことはちゃんと説明したよ。……ところで、お腹減ったからおれも食べていい？」

「いいですよ。自分でよそっておいで」

亮は勢いよく台所に駆けていく。

にぎやかな足音に苦笑しながら、貴之は「やれやれ」と肩を竦めた。

「あの様子だと、白茶のことはなにもお話ししていないでしょうね」

「熱がある時にいいって言ってましたよ」

「えぇ。このお茶は漢方では涼性に属すると考えられているので、熱い状態で飲んでも身体を冷やすのに向いているのです。利尿作用や解毒《げどく》効果が高いことから、漢方薬の一種としても用いられているのですよ」

「なるほど。だからか……」

「あの子が遊び疲れて熱を出すたびに煎れたものです」

困ったような、それでいてとてもしあわせそうな顔で微笑む貴之はほんとうの父親のように見える。亮とふたりで積み重ねてきた思い出が彼をそうさせているのだろう。

戻ってきた亮は父親の隣で粥を食べ、ようやく気持ちが落ち着いたのか、すぐにことんと眠ってしまった。

そんな息子の髪を撫でながら貴之がそっと目を細める。

「日頃気をつけているからと慢心していたせいで風邪を引いて、この子にも、朝倉さんにもご心配をおかけしてしまいました」

「亮くんは清水さんの容態《ようだい》や薬の説明をしてくれたり、一緒にお粥を作ってくれたり——お父さんに元気になってほしくてすごく頑張ってましたよ」

「そうですか」

貴之は照れくさそうに一層目元をゆるめた。

「どんどんしっかりしてくるものですね。子供だと思っていても、あっという間だ」

「すぐに大きくなって、お父さんを支えてくれるようになりますよ」

大きくなったら店を継ぎたいと言っていたくらいだ。亮が厨房を預かる日も近いかもしれない。

楽しみですねと微笑み合いながら、なにげなく時計に目を落とした淳の視線を追って、貴之がはっとしたように顔を上げた。

「いけない。すっかり遅くまでお引き留めしてしまいました」

「あ、いえ、俺は全然。それより清水さんは休まなくて大丈夫ですか」

「ふたりのおかげでずいぶん気分がよくなりました。後はお風呂に入って、ぐっすり眠れば明日には回復すると思います」

確かに、だいぶ顔色が戻ったように思う。

ただ、風邪を引いている時は大事を取って、風呂には入るなと子供の頃はよく言われたものだったけれど……。

思ったことが顔に出ていたのだろう。貴之が「熱で寝汗を掻きまして」と眉を下げた。

「ぶり返さないように気をつけますので」

「それなら、今お風呂に入ってきます？　亮くんなら俺が見てますし、パジャマ置いていってもらえたら着替えさせときますよ」

「そんな、そこまでお願いするわけには……」

「清水さんは病人なんですから、今は治すことだけ考えてください。困った時はお互いさまです」

しきりに恐縮する貴之をほらほらと追い立て、続けて亮の服を着替えさせる。ほんとうにぐっすり眠っているらしく、聞かされたとおりなにをしても起きないのがなんだかおかしかった。

子供とはいえもう八歳。生意気も言えば、大人ぶってみせたりもする。それでもあどけない顔で寝息を立てているのを見ると、彼がまだほんの八歳だったことにあらためて気づかされるのだ。

部屋の灯りを間接照明に戻す。

すやすやと眠る亮の前髪を掻き上げながら、淳は不思議な感慨に囚われた。

眠る子供を見守る日が来るなんて、これまで想像したこともなかった。

亮を引き取った時の貴之もきっと同じだっただろう。五年前に養子縁組をしたそうだから、今の自分と同じぐらいの歳で未婚の子持ちになったのだ。

「すごい覚悟をしてくれたんだな、おまえのお父さんは」

亮がひとりぼっちにならないように、きちんとした大人になるように。

文字どおり、全身全霊でこの小さな命を背負う覚悟を決めたんだろう。それぐらい、貴之にとって亮は大きな存在だった。

「忘れ形見だもんな」

呟いた瞬間、はっとなる。

「あ――――」

パチンとスイッチが入るように、それまで考えないようにしていたことが一気に噴き出してくるのが自分でもわかった。いけないとわかっているのに止められない。今さらのように心臓がドクドクと早鐘を打ちはじめた。

今は八歳の亮も、あと数年もすればひとりで看病できるようになるだろう。義兄にだって似てくるかもしれない。その時、ここに自分の居場所はないのだとあらためて気づかされた。

貴之はこれからどうするんだろう。生涯亡き人を想って生きていくんだろうか。忘れ形見を育てることだけを生きがいに、それ以外には脇目もふらずに……？

——今がしあわせなんですよ。

確かめるまでもなかった。彼自身がそう言っていたのだから。

第三者が入りこむ余地なんてはじめからないのだ。一緒に思い出を作るなんてあり得ない。そう。この距離は永遠に縮まらない。この想いは届かない。自分が彼の義兄ではないから。

「…………っ」

やりきれない思いをぶつけることすらできず、淳はぎゅっとこぶしを握った。

どうして、好きになってしまったんだろう。

どうして貴之じゃなければだめなんだろう。

これまで誰を想ってもこんなふうにはならなかった。気持ちがすれ違ってしまった時も、失恋した時ですらこんなに胸は痛まなかった。

「こんなの」

なにかの間違いだと切り捨てようとして、いつか彼に言ったことを思い出した。

――――自分の気持ち、自分で否定したらかわいそうです。

それがどんなに正しくて、残酷な言葉だったか今ならわかる。どうにもならない熱を持て余したま
ま、それを肯定することどころか、否定することさえできないなんて。

「ひどいことばっか言ってるな、俺」

スモモの話をした時ですらわざと傷つけるような言い方をした。まるで子供だ。自分の方を向いて
ほしくて――――そうならないこともわかっているのに。

「ごめん……」

本人に伝えられない分、亮の髪をそっと撫でる。ずっとこんな時間が続けばと、それでも浅ましい
ことを考えてしまう自分にため息しか出てこなかった。

ほんとうは、傍にいたい。

叶わぬ想いに吐露《とろ》される弱音だって、病に伏せる弱々しい姿だって、そういうのを全部知った上で
なお、近くにいたいと思っている。

彼の目が誰に向いていたとしても。

彼の心に誰が棲んでいたとしても。

傍にいたい。必要とされたい。ほんの少しでいいから頼ってほしい。

「………だめだ。そんなこと、思うなんて……」

自分を戒めなければと淳は何度も首をふった。

貴之には貴之の暮らしがある。軽々しく他人が干渉していいものではない。だから、この気持ちは知られてはいけない。ずっと胸の奥深くにしまっておかなければ。

ゆっくりと深呼吸をしながら気持ちを落ち着かせていると、遠くから足音が近づいてきた。貴之が風呂から上がったのだろう。

「お待たせしました」

そっと襖が開いて貴之が顔を覗かせる。よほど急いで入ってきたのか、首にはタオルが巻かれたままだ。

「なんだ。ゆっくりでよかったのに」

「いえ、充分です。さっぱりしました。ありがとうございました」

「ちゃんと髪乾かして寝てくださいね。ズボラな俺が言うのもなんですけど」

貴之がおだやかな苦笑で応える。普通に話せているだろうかとそればかりが気になって、彼の顔がまともに見られなかった。

ボロが出ないうちに早く帰ろうと鞄を持つ。

けれど、貴之に「お茶を煎れてきましたから」と誘われてしまい、まごついているうちに機会を逃した。

「お客様にお茶も出さずに帰っていただくわけにはいきません」

「病人なのに、そんなことまで……」

「私も一緒にいただきますから、どうぞこちらへ」

二間続きの隣室に呼ばれる。

隙間から灯りが洩れないようにか、間接照明だけにしてもらえたのは淳にとってもありがたかった。蛍光灯《けいこうとう》に照らされたら思っていることが丸見えになりそうだったから。

「今日はほんとうに、ありがとうございました」

あたたかいお茶とともに、あらためて礼を言われる。

「亮があんなにはしゃいだのは久しぶりです。朝倉さんに会えてうれしかったのでしょうね。お粥も、とてもおいしかったです」

「そんな、俺なんてなにも……。作ったのは亮くんですよ」

「その亮を助けてくださったのは朝倉さんでしょう。自炊はなさらないと言っていたのに、一生懸命サポートしてくださったのですよね」

貴之は一度言葉を切った上で、まっすぐにこちらを見た。

「今日、あなたが訪ねてきてくださってうれしかった」

「え？」

「病気にもなるものですね」

冗談を言われたのだとわかるまで一瞬の間が空く。

「も、もう。なに言ってんですか。健康が一番なんですからね」

「えぇ、ほんとうに」

同意を笑みで返しながら、貴之はそっと隣室の方に目をやった。

「あの子が明日から二泊三日の校外学習に行くもので、安心させるためにも早く元気にならなくてはと焦っていたのです」

「そうなんですか。いいなぁ、旅行」

「遊びに行くのではありませんよ」

「あ、そっか」

顔を見合わせて苦笑する。そのやわらかな笑みを見返しながら、あぁ、好きだなと、どうしようもなく思った。

貴之の傍は居心地がいい。行き場のない熱を抱えていても、それでもここにいたいと思ってしまう。

ふと、彼が黙ったことに気づいて俯けていた顔を上げると、まっすぐな目が自分を見ていた。

——え……？

思わずドキリとしたまま言葉もなく見つめ合う。

どれくらいそうしていたのか、しばらくして貴之が静かに口を開いた。

「朝倉さんはもう来てくださらないかもしれないと、そればかり考えていました。私があなたに対して誠実ではなかったために……」

思いがけない言葉に混乱する。

「ちょ、ちょっと待ってください。それ、本気で言ってるんですか」

大きな声を出しかけ、隣で眠る亮のことを思い出して、淳は無理やり昂る気持ちを呑みこんだ。

「俺はただの賄い食いですよ。ちゃんとしたお客ですらない」

「それをお願いしたのは私の方です」

「清水さんは、ズボラな俺を助けてくれたんじゃないですか。差し入れまでしてくれて……。それなのに俺は、恩を仇《あだ》で返すみたいにあなたの生活に首を突っこんで、引っ掻き回してしまいました」

亮のこと、レストランのこと、忘れられない人のこと——。

ほんとうはどれも触れられたくないものだったろうに、芋蔓《いもづる》式に打ち明けざるを得ない状況に追いこんでしまった。

「いくら内緒にするからって、なんでも知りたがっていいってことにはならないですよね。申し訳ないことをしたと思ってます」

「そんなことはありません。私は、自分の意志で朝倉さんにお話ししました」

「それは俺がしつこく聞いたから」

「朝倉さんにだから、話したのです。ずっと誰にも言えずにいた想いを……」

貴之は譲らない。まるで、淳にならすべてを打ち明けても構わないのだとでも言うように。

「……」

うれしいはずの言葉は、けれど辛さにすり替わる。彼の心の真ん中には今なお想い人がいるのだと聞かされているようで。淳にだから話したという言葉ですら、無理に言わせてしまっているんじゃないかと思うとたまらなかった。

自分が傍にいてはだめだ。

これ以上暴《あば》き立ててはだめだ。

「俺……もう、ここには来ないようにします」

言った瞬間、目の前が真っ暗になる。後戻りできない怖さに身が竦む。それでも淳は意を決して、まっすぐに貴之を見た。

「大切な思い出の場所に、関係ない人間がズカズカ入りこんでいいわけない」

嘘偽《いつわ》りのない本心だ。

貴之はしばらくの間言葉を失い、それから眉間に深い皺を刻んだ。

「……私は、そんなにもあなたを傷つけていたのですね」

声が掠れている。

「苦しめてしまったことを心から謝らせてください。そして誤解を解かせてください。私は、朝倉さんに知ってほしいのです。過去のことも、今のことも」

「な、に……」

「あなたに知ってほしいのです。そして私はあなたを知りたい。なにもなかった頃には戻れません。それぐらい、あなたの存在は大きくなってしまった」

怖いくらい真剣な表情に目も心も吸い寄せられる。まるで口説《くど》かれているようで、そんなわけないとわかっていても頭がグラグラした。

――勘違いするな。

何度も自分に言い聞かせる。

彼は病人だ。熱があるんだ。薬でぼうっとしているのかもしれない。

「今の関係を大事にしたいってことですよね」

絞り出した声が小さくふるえる。それでも貴之を宥めるため、淳はあえてにっこり笑った。

「それなら、今度はちゃんと客として来ますよ。……あ、でも俺ひとりだったら採算が取れないかもしれないな。会社以外の友達だったら連れてきてもいいですか？　何人ぐらいまでなら大丈夫かな」

「朝倉さん」

「この話はまた今度ゆっくりしましょうか。清水さんももう寝た方がいいです。遅くまでお邪魔しました。おやすみなさい」

「朝倉さん！」

強く腕を引かれて視界がブレる。突然のことに驚くばかりで、すぐには自分の身になにが起きたのかもわからなかった。

貴之に抱き締められているのだと理解した途端、全身の血が一気に逆流する。

「——ッ」

すぐに離れなくてはと胸に手を突き、必死に距離を取ろうとする淳に、貴之はそれさえも許してはくれなかった。

「行かないでください」

肩に額を押し当てられる。絞り出された懇願《こんがん》の言葉に息を呑んだ。

どうして……。

貴之が「行かないで」と言いたいのは、ほんとうは自分ではないことぐらいわかっている。わかっているのに、どうしてこんなに胸が痛いんだろう。どうしてこんなに悔しいんだろう。

「俺じゃない、のに……」

至近距離から貴之を睨み上げる。

「あの人を忘れることなんてできないくせに！」

「朝倉さん」

熱いもので唇を塞がれ、今度こそほんとうに息が止まった。

キス、されてる——。

それに気づいた瞬間、頭の中が真っ白になる。

こんなふうに触れられることも、ましてや、くちづけられることなんてあり得ないと思っていた。

だって男同士なのに。彼には想う人がいるのに。

自分では、だめなのに。

「……っ」

現実に戻った瞬間、渾身《こんしん》の力で貴之を押し返す。

鞄を引っ摑むと、淳は制止をふり切ってそのまま家を飛び出した。

＊

翌朝早く、貴之からスマートフォンにメールが入った。

『申し訳ありませんでした』

なんと返したらいいかわからないまま、ため息とともに表示を消す。混乱のあまり一睡もできずにいた頭はうまく働いてくれそうになかった。

シクシクと痛む胃を押さえながら会社に向かう。

貴之は体調が回復したようで、二日ぶりにその姿が見えた。

課長たちは大よろこびでバリバリ仕事を回すぞと張りきっている。その様子をぼんやり眺めながら、これが自分たちの本来の在り方だったと今さらのように思い出した。

同じ部署の、ただの同僚。

プライベートどころか仕事でもそうそう絡む機会はない。それを思うと、昨夜の出来事が遠い世界で起きたもののように思えた。

——あんなことに、なるなんて……。

無意識のうちに唇に手をやり、我に返って慌てて離す。現実感は一向に湧かず、虚しさばかりが膨れ上がった。

メールを打っていても、資料を確認していても、気がつくと貴之の気配を追いかけている。それは彼も同じだったようで、休憩を報せる鐘が鳴ると同時に互いが無言で席を立った。

淳は他部署に用事があるように見せて東側のドアから、貴之は席の近くの西側のドアからそれぞれ部屋を出る。使われていない会議室に入り、そのまま後ろ手に扉を閉めた。

「メール、見ました」

単刀直入に用件を伝える。

貴之も回りくどいことはしない腹づもりのようで、小さく頷いた。

「今夜、あらためてお話をさせてください」

いよいよだ——そう思った途端、身体がふるえる。それが武者ぶるいなのか、そうでないのか、淳にはもうわからなかった。

これ以上、中途半端《ちゅうとはんぱ》なつき合いはできない。貴之のこと、そして亮のことを考えたらいっそきっぱりと関係を断ってしまった方がお互いのためかもしれない。

「どこかで待ち合わせをしましょう。朝倉さんのお仕事が終わる時間に伺《うかが》います」

「外で？」

亮はどうするのかと聞きかけて、今日と明日は校外学習でいないんだったなと思い出す。子供には聞かせたくない話だけに偶然とはいえありがたかった。

それなら。

「俺、清水さんのご飯が食べたいです」

貴之の家にはもう行かないと言ったばかりなのに情けない。それでもこれが最後だと思うと、恥も外聞も掻き捨てて、もう一度手料理を味わいたかった。そうすることが自分なりのケジメにもなると思ったのだ。

「私の……？」

よほど意外だったのだろう。貴之がわずかに目を瞠る。

けれどそれも一瞬のことで、すぐにこわばった頰がふわりとゆるんだ。

「お迎えできてうれしいです」

深い森を思わせる、澄んだ瞳。じっと見つめているとそのまま吸いこまれてしまいそうで、淳は思わず目を伏せた。

好きだ。

いや。好き、だった。

すべて過去にしなければならない。今日で終わりにしなければならない。そのための話し合いだ。

そのための夜だ。

席に戻った後は夢中でパソコンに向かう。

気がつくと十五時になっていて、貴之がこちらを気にしながら部屋を出ていくのがチラと見えた。

それでも淳は画面を睨んだまま、矢代の休憩の誘いさえ断ってひたすら仕事に打ちこむ。なにかに没頭している間は余所事《よそごと》を考えずにいられるからだ。今夜のことに気を取られたが最後、ぐずぐずになってしまいそうだった。

そんな、いつもと様子が違うことは周囲にも伝わったのだろう。午後六時、定時の鐘が鳴ると同時に席を立った淳に、矢代でさえ声をかけることはなかった。

足早に会社を出る。

仕事から気持ちを切り替えた途端、頭は貴之のことでいっぱいになる。どんなふうに話を切り出せばいいのか、考えても考えてもうまいやり方が思いつかなかった。

——あなたに知ってほしいのです。そして私はあなたを知りたい。

脳裏に甦る、熱を帯びた眼差し。

——それぐらい、あなたの存在は大きくなってしまった。

「……っ」

思い出しただけで頭の芯がジンと痺れる。あんなにも叫び出したい衝動に駆られたことはなかった。俺も、と言いたかった。同じ気持ちだと言いたかった。それでも、彼が抱いている親愛の情が自分のそれとは似て非なるものだとわかっているから言えなかった。

――あの人を忘れることなんてできないくせに！

だから八つ当たりをした。ひどい言葉で彼を詰った。どうにもならない想いを抱えて苦しんでいるのは彼も自分も同じなのに。

そう。自分たちはよく似ていた。摑めないものばかりに手を伸ばして。

どうにもならない想いに自嘲が洩れる。ズキズキと痛む胸を押さえながら淳はそっと目を眇《すが》めた。

今夜自分は、きっとみっともない姿を晒《さら》してしまうだろう。せめて亮がいなくてよかった。父親の友人だと思ってきた相手に、軽蔑《けいべつ》にも似た気持ちを抱かせるなんてかわいそうだ。

淳がもう来ないと知ったら、亮はなんて言うだろう。寂しいと拗《す》ねるだろうか。自分勝手だと怒るだろうか。

「……ごめんな」

くるくると動くつぶらな瞳を思い出す。

好きなことには猪突猛進《ちょとつもうしん》、何事にも一生懸命だった亮。そういうところはほんとうに貴之そっくりだった。一緒にお粥を作ったあの夜のことを自分はきっと忘れない。

「俺はいい見習いだったかな」

師匠、と心の中で呼びかける。

ビルの間、茜色《あかねいろ》に染まる空を見上げながら淳はそっと目を細めた。

彼はきっと、立派な料理人になって貴之の後を継ぐだろう。亡き実父と育ての父、ふたりの想いでできた城を――。

考えごとをしながら歩いていたせいで、巴旦杏に着いたことに今さら気づく。

淳が来るのを待っていたらしく、貴之が扉の前で出迎えてくれた。

「こんばんは」

いつからそうして立っていたのだろう。黒いコックコートに身を包み、ピンと背筋を伸ばして立つ姿を目に焼きつける思いでじっと見上げた。

深い森のように静かな眼差し。今やそこに激情にも似た色を探すことはできない。

気のきいた言葉も思い浮かばず押し黙る淳を、貴之は「どうぞ」と中へと誘った。

いつもの席に腰を下ろし、厨房の気配に耳を澄ませる。

包丁の音、茹でこぼす音、油のじゅうっと跳ねる音。全部ここで耳に馴染んだものだ。漂ってくるいい匂いだって、それに逸る気持ちだって、みんなみんな彼に教わった。

「お待たせいたしました」

次々と目の前に皿が置かれる。

顔を上げると、そこには淳の好きなものばかりが並んでいた。

いつもは食材や料理をていねいに説明してくれる貴之も、今夜は淳を見つめたままなにも言わない。

沈黙は重く、苦しいぐらいなのに、この一瞬一瞬が過ぎてしまうのが惜しかった。

「いただき、ます」

辛うじて声を絞り出すと、淳は静かにスープを掬う。

口に含んだ瞬間、やさしい味が滋養となって隅々まで染み渡っていくのがわかった。

――おいしい……。

心の中でため息にも似た呟きが洩れる。これを作っている間、少しでも自分のことを思ってくれただろうか……そんなことさえ考えてしまい、往生際《おうじょうぎわ》の悪い自分に淳はそっと唇を噛んだ。

いけない。そんなことより今は、作ってくれたものを大切に味わおう。貴之の味をずっと忘れずにいられるように。

己に言い聞かせて再びレンゲを持ち直す。

淳が食事に集中しはじめるのを待って、貴之もまたいつもの席で箸を取った。

円卓を囲んだ時は、いつも決まってにぎやかだった。

三人で食事をする時はもっぱら亮の話に耳を傾け、ふたりだけの時もニュースの話題から趣味の話まで、思いつくままに話していたっけ。家で仕事の話はしないと決めていたから、ここでは自然体で貴之と向き合っていられた。

話している時も、会話が途切れた時も、貴之の傍は居心地がよかった。

それも、もう――。

完食まであと少しというところで箸が止まる。この炒めものも、スープも、自分のために作ってくれたものだと思うとなくなってしまうのが惜しく思えた。

「……」

自分がこんなに女々《めめ》しい人間だったなんて知らなかった。

この店に来てからというもの、体調がよくなったり、体質が変わったりと新しい自分と向き合ってきたものだけれど、最後の最後に己の弱さを痛感することになるとは思わなかった。

みっともないのは変わらなかったな……。

貴之に聞こえないようにそっと胸の中で自嘲する。一言も言葉を交わさない代わり、全身で相手を意識しながら、淳はこれまでに区切りをつける思いで皿を空にした。

食後は貴之が立って、盆を持って戻ってくる。

ガラスの茶器に入っているのは工芸茶だろうか、湯の中にゆらゆらと揺らめく黄色と薄紅色の花が見えた。

何度見てもとてもきれいだ。これだけで非日常の世界を垣間見《かいま》ているような優雅な気分になる。

貴之がゆっくり茶器を回すにつれて、懐かしい匂いが立ち上った。鼻孔をくすぐる甘い香りにかすかな記憶を掘り起こされる。

――――丹桂飄香……？

はっと顔を上げ、それから自分が茶の名前を覚えていたことにもう一度驚いた。あの金木犀の甘い香りは、はじめてここに来た時に飲んだお茶ではないだろうか。

どうして同じものを……。

これが単なる偶然とは思えない。茶葉がこれしかないわけでもないだろう。そこに某《なにがし》かの意味を結びつけたくて淳はじっと貴之を見上げた。

はじまりと、終わり。

そんな言葉が脳裏を過ぎる。貴之は眼差しの問いには答えず、美しい所作《しょさ》で茶を煎れると互いの前に茶杯を置いた。

「朝倉さん」

嚙み締めるように名を呼ばれる。

いよいよだと思うと、心臓がドクン…、と大きく鳴った。

「心から謝罪をさせてください」

湯気の向こうの表情はかたくこわばり、痛々しくさえ見える。漆黒の双眸《そうぼう》には昨夜の熱は微塵もなく、後ろめたさだけが浮かんでいた。

「昨日私が朝倉さんにしてしまったことは、どんなに謝っても許されるものではありません。私は、あなたから受けた恩義を踏み躙るような真似をしてしまいました」

そう言うなり頭を下げられ、淳の方が狼狽《うろた》えてしまう。

「あの、そんな……、頭を上げてください。そんなことしないでください」

自分は、貴之が思うようなきれいな人間じゃない。叶わぬ恋と知りながら、諦めることもできないままずるずるとここまで来てしまっただけだ。

「恩義だなんて、とんでもないです」

自分の方が世話になりこそすれ、彼のためになるようなことはなにひとつしていない。

そう訴えたものの、貴之は頑《かたく》なに譲らなかった。

「朝倉さんには感謝の気持ちしかありません。あなたは、私を許してくださいました」

「え？」

「過去に囚われ、どうしようもなくなっていた私を、あなただけはありのままに受け入れてくださったのです」

——清水さんの気持ちは、清水さんが大切にしてあげなきゃ。

かつて貴之を励ますために向けた言葉だ。

「負い目を感じる必要などないと、そう言ってくれましたね。あの言葉にどれだけ救われたか……」

貴之は噛み締めるように口にする。それからゆっくり瞬《まばた》きをすると、ここではないどこか遠くへと眼差しを馳《は》せた。

「——私は、自分がわからなくなっていました。義兄という決して許されない相手を想うことで、姉を裏切っているような罪悪感すらありました。いけないと思うのに、断ち切らなければと思うのに……意気地のない私にはどうしてもそれができなかった」

横顔が後悔に歪んでいく。こんなふうに自嘲する貴之を見るのははじめてで、胸が締めつけられる思いだった。

「姉夫婦が事故で亡くなったのは私のせいかもしれないと、今でも思うことがあります。私が不道徳だったばかりにと……」

「そっ、そんなことない！」

とっさに言葉が口を突いて出る。

わずかに目を瞠る貴之に二の句を継がせまいと、淳は勢い任せに捲し立てた。

「どうしてそんなふうに自分を責めるんです。お姉さんたちのことと、清水さんの気持ちは別のものでしょう。人を好きになるのにいいも悪いもない。止めたくたって止められないんです」

今ならそれが痛いぐらいわかる。自分だって、貴之への想いを断ち切ることはできなかった。

どうか伝わりますようにと思いをこめて目を見返す。

貴之はそろそろと息を吐き出すと、泣くのをこらえるように眉を寄せた。

「あなたは……ほんとうに…………」

続く言葉は音になる前に消える。

それでも、伝えたい思いが彼に届いたことだけはわかった。

「私は、あなたに弱音を吐いてばかりだ」

「これまでずっと我慢してきたんです。これぐらい、どうってことないです」

「朝倉さん」

「だって俺だったら耐えられない。好きな人がいなくなったら、きっとなにも考えられない。そんな辛さを乗り越えてきた人が弱音ぐらい吐いたっていいじゃないですか」

貴之を失うことなんて考えられない。たとえ想いを添わせられなくとも、彼が生きていてくれると思うだけでこれから先も自分の道を歩いていける。

「そう考えると……生きてるってすごいことですよね」

今日があり、明日がある。人生は続いていく。だからこそ貴之は、胸に埋み火のような想いを抱えながらも、希望という名の忘れ形見のために新しい人生を歩もうとしたのだろう。

李がいなければ、今に繋がるすべてはなかったかもしれない。ならば、すべて背負って生きていくしかないのだ。

そう言うと、貴之は目を瞠った後で、静かに長いため息をついた。

「ほんとうに不思議な方だ……」

「え？」

「朝倉さんといるだけで気持ちが楽になるのがわかるのです。ありのままの自分を誰かにさらけ出すなんて、あなたに会うまで考えもしなかった」

「清水さん」

「許されることで、私は前に進むことができました。朝倉さんに料理を作るのは楽しかった。体調や好みを勘案しながら献立を考える時間さえ、私には大切なものでした」

　貴之が思い出したように目を細める。

　ほんの偶然からはじまった夕食会は、いつしか淳の体質改善のためのものになっていた。仕込みのために店を閉める水曜と日曜さえ貴之は鍋をふるうことを厭《いと》わなかった。

「いつからか、あなたが来てくださるのを心待ちにするようになりました。こんなふうに毎日一緒に食事ができたらどんなにいいだろうと思いながら……」

　熱っぽい眼差しが雄弁に語る。

　それって、どういう……？

　自分に都合のいいように聞いてしまったかと戸惑っている間に、貴之が我に返って苦笑した。

「押しつけがましいことを言ってしまいました。図々《ずうずう》しかったですね」

　淳は驚きに首をふる。

「そんなことない。図々しいのは俺の方です」

「朝倉さん？」

「知ったらきっとびっくりしますよ。こんなやつだったのかって……」

　それどころか、呆れられるかもしれない。

「どういうことですか」

貴之の声がわずかにかたくなるのがわかった。聞くのが怖いのに、それでも確かめずにはいられないというように。

「話してください。朝倉さん」

焦燥《しょうそう》を滲《にじ》ませた声に、引き摺られるようにして口を開いた。

ほんとうは打ち明けるつもりなんてなかった。

それでも、貴之にだけは誤解されたままにしたくなかったから。

「はじめは単純な好奇心でした――」

中華街の路地裏で偶然顔を合わせた時のことを今でもはっきりと覚えている。すべてはあそこからはじまったのだ。

「清水さんのプライベートがすごく意外で興味を持ちました。料理をしている時のあなた、亮くんに接している時のあなたは俺だけが知ってるんだっていう、優越感みたいなものさえあった」

この時点で嫌なやつですよね。

そんな独り言にも貴之は律儀に首をふって応える。

「清水さんは、それまで知らなかった世界を俺に教えてくれました。中医学やおいしい薬膳、そして珍しい中国茶――そういうのもあいまって夢中になった。俺にとってもここに来ることは楽しみになっていったんです」

貴之の料理のおかげでみるみる元気になっていく己の身体に、食事の大切さを痛感した。なにより、心を開いた相手と食卓を囲むことの安心感ははじめて知り得たものだった。

「それなのに……」

思い出しただけで苦しくなる。

「あなたのすべてがお義兄さんに繋がっていたことを知って、自分でもびっくりするぐらいショックを受けました。あぁ、だめだ。別世界の人なんだって……」

声がふるえそうになるのを必死にこらえた。

手が届かないとわかっていても、どうしようもなく惹《ひ》かれてしまった。どんなに胸が痛んでも止めることはできなかった。

「清水さんのことを励ましたかったから、なんて都合のいい言い訳です。俺はあなたの大事な思い出を何度も土足で踏み荒らした。そんなことをしてもあなたを傷つけるばかりで、自分が大切なものになれるわけでもないのに」

——あぁ、そうか……。

ひと思いに吐き出しながら、淳はようやく理解した。

自分は、彼の大切なものになりたかったんだ。あの写真のように貴之の心に棲まわせてほしかったんだ。

「ばか、だよなぁ…………」

どこまで我儘をふりかざそうとしていたんだろう。彼の心に別の人がいると知っていてなお、割りこもうとしていたなんて。まるでエゴの塊《かたまり》だ。これじゃ嫌われてもしかたがない。

項垂れる淳の髪に、不意にあたたかなものが触れた。

「朝倉さん」

貴之の手だ。彼が、息子にするように頭を撫でてくれている。

それに気づいた瞬間、また迷惑をかけてしまったのだと気がついた。

「そんなふうに言わないでください。どうかご自分を責めないで」

向けられる真剣な眼差しに、いけないとわかっていても鼓動が逸る。これが最後だと思うと余計に目を逸らせなくなる。

少しためらうような間があった後で、貴之はゆっくりと口を開いた。

「私のことを知りたいと、思っていてくださったのですか」

「……っ」

ドクン…、と心臓が跳ねる。

「大切なものになりたいと、そう言ってくださったのですか」

「ち、違っ……。あの、なんでもないんです。忘れてください」

言えない。言えるわけがない。これ以上嫌われて終わりたくない。

くり返し首をふる淳の頬をあたたかな手のひらが包みこんだ。

「あなたに許されないことをしたのに……それでもまだ、そう思ってくださいますか」

まるで縋るような眼差しに、頑なであろうとした心がグラグラと揺さぶられる。

どうしてそんなことを言うんだろう。どうして受け入れようとしてくれるんだろう。

口にしてはいけない、そう思うのに、なにもかもさらけ出してしまいたくなる。自分がどれだけ貴之に捕らわれていたか、洗い浚い伝えてしまいたくなる。

どんな言葉でもいいから聞かせてほしいと嘆願する眼差しに、とうとう心の枷《かせ》が外れた。

頰を包んでいた貴之の手に自分のそれを重ね、万感の思いで頰摺りする。恋情ごとここに置いていくつもりで淳は静かに目を閉じた。

——好きでした。あなたがとても、とても………。

静かに貴之の手を引き剝《は》がす。

再び目を開けた淳は、愛しい相手をまっすぐに見上げた。

「俺はあのキスを忘れません。そう言えば、伝わりますか」

「……っ」

貴之がはっと息を吞む。

信じられないというように見開かれた目が、動揺のあまり小刻みに揺れるのさえきれいだと思った。

いつもは泰然と構える彼が自分相手に取り乱す様を見られただけで充分だった。

淳は静かに席を立つ。

「もう、ここには来ません。清水さんの傍にいるのは、うれしいけど……苦しいから」

誰かの代わりはできないから。

「朝倉さん」

貴之が音を立てて椅子から立ち上がる。

まるでいつもの彼らしくもない慌てたそぶりに驚いていると、ぐるりと円卓を回った貴之が進路を塞ぐようにして立ちはだかった。

「待ってください。お願いです」

焦りの滲んだ表情に自分勝手にも胸が高鳴る。

「私の思い違いならば、どうぞ私を殴ってください。あなたに失礼なことを聞くとわかっていても、確かめずにはいられない」

左手の手首を摑まれ、引き寄せられて、至近距離で貴之を見上げた。

「私のことを想っていてくださったのですか」

漆黒の双眸には困り顔の自分が映る。狡い人間だ。肯定することもできず、そのくせ否定さえ選べずにいる。

押し黙ったまま、淳は俯くしかなかった。

その頰を、もう一度想いを受け渡すように貴之がそっと撫でる。

「あなたに惹かれていると言ったら、それでも許してくださいますか」

「……え？」

弾《はじ》かれたように顔を上げると、怖いぐらい真剣な顔をした貴之がこちらを見ていた。その表情からこれが冗談なんかじゃないことぐらいわかる。

「あっ…」

摑まれたままの手首を引かれ、二、三歩よろけるようにして貴之の胸に飛びこんだ淳は、そのまま強く抱き締められた。

「愛しています」

低く重みのある声が染みこんでくる。にわかには信じられない言葉に目を瞠りながら、淳は一心に貴之を見上げた。

「でも清水さん、お義兄さんを……」

「これまでの自分は否定できません。義兄の後を追って生きてきたのもほんとうです。……けれど今、私が愛しているのはあなただ。朝倉さん、あなただけです」

まっすぐに想いを告げられ、熱っぽい目で見つめられて、心が動かされないわけがなかった。

ほんとうに……？

心臓が壊れたように早鐘を打つ。

わずかに身体を離した貴之は、一呼吸置くと、ゆっくりと語り出した。

「はじめは体質を改善するための、ささやかなお手伝いのつもりでした。会社でお会いしている朝倉さんが、夜にはお客様として来てくださるのがとても新鮮だったのを覚えています」

その気持ちはよくわかる。自分もそうだったからだ。会社の同僚と仕事終わりに呑みに行くのとはまた違う、ふわふわと浮き足立つ感じがあった。

「食事をしながらいろいろな話をしましたね。料理人としての枠《わく》を越えて個人的なことまでお話しするうちに、自分は長い間、心に壁を作っていたのだとようやく気がついたのです」

壁という言い方に胸が痛くなる。義兄への想いは貴之にとって、誰にも知られてはならない傷痕《きずあと》と言っているようなものだった。

「朝倉さんと話すことで、私は自分の心と対話していたのかもしれません。自分が変わっていくのがわかりました。それがとても楽しくて、こんな自分でもまだ変わることができるのだと……」

「清水さん……」

そんなふうに思ってくれていたんだ。

自分が彼に影響を与えていたのだと打ち明けられ、驚きと、誇らしい気持ちが同時に湧き起こる。自分の方こそ貴之によって変わっていくのがうれしかった。それと同じことを彼もまた感じてくれていたなんて。

貴之は漆黒の目をやさしく細めて微笑んだ。

「もっとあなたといたいと思うようになりました。朝倉さんの隣は心地よかった。それは、あなたが私をありのままに受け止めてくださったからです。あなたのその柔軟さを、そして誠実さを、心から尊敬しています」

「尊敬だなんて、そんな……」

「誰にでもできることではありません。あなたに出会えたことに感謝しなければ」

同性を想ったことを嫌悪せず、過去を引き摺っている生き方さえ笑わずにいてくれた。本音で話をしてくれた。亮にやさしく接してくれた。料理をおいしいと食べてくれた。

貴之は、まるで大切な宝物を自慢するように語る。淳にとっては当たり前のことを、それでも彼はうれしかったのだと何度も何度もくり返した。

「気がつけば、あなたは私にとって特別な人になっていたのです。こんな毎日が続いていけばと願うほどに……」

ドクドクと鼓動が高鳴りすぎて痛いくらいだ。

服の上から胸を押さえる淳を見て、動揺させたと取ったのか、貴之が心配そうに背中を撫でた。

「驚かせてしまいましたね。もうここには来ないと言われて、どうしても黙っていられなかった」

その言葉にはっとして顔を上げる。

「もしかして、ずっと秘密にしておくつもりだった……？」

貴之はまっすぐに目を見返してから、頷いた。

「自分のことを知ってほしいと思う反面、過去を打ち明けるほどに、あなたへの気持ちは知られてはいけないと思うようになりました。あなたを苦しめてしまうと思うと怖かった」

「怖い？　清水さんが？」

「私だって怖いのですよ。こと、あなたのこととなると必死だ」

情けないですねと小さな自嘲が追いかける。その言葉がどれだけ淳の心を揺さぶっているかなんて知りもしないで。

「私には、守らなければならない家族があります。そして、私を私たらしめる過去は切っても切り離せない。そんな私を受け入れてほしいなど、押しつけのようで言えませんでした」

あなたはやさしい人だから、きっと私を受け入れようとして苦しむでしょう、と。

「……っ」

――あぁ、この人は、ほんとうに…………。

言葉にならない。どこまでもまっすぐな貴之を見ているだけで胸がふるえた。

どちらにもいい顔をして、すべてを手に入れてやろうなんてきっと考えもしないんだろう。不器用なほどの誠実さに触れ、あらためて彼への愛しさが募った。

もう、黙ってなどいられない。この想いを自分の中だけに閉じこめておけない。どれだけ貴之を想ってきたか、そしてどれほどの覚悟があるのかを彼に知ってほしかった。

「家族がいたら、人を好きになってはいけませんか」

「朝倉さん？」

「俺は、清水さんにどんな過去があってもあなたが好きだ。あなたの大事な家族ごと、俺に大切にさせてください」

「……っ」

貴之が驚きに目を瞠り、それからすぐに顔を歪める。せっかくの美丈夫が台無しだと言っても聞きもしないでみるみるうちに眉を寄せた。

力いっぱい抱き締められて息もできない。苦しいけれどうれしくて、今度は淳からも広い背中に腕を回した。

「あなたを好きになって、よかった………」

想いをこめて囁《ささや》かれ、熱いものがこみ上げてくる。自分も同じ気持ちだと伝えると抱き締める腕にさらに力がこもった。

――好きになってよかった……。

その言葉を淳もまた噛み締める。

心にはまだ生々しい傷があるけれど、辛い思いもしたけれど、全部ここに繋がっていたのだ。苦しみの果てに得たのは途方もないよろこび、そしてすべてへの感謝だった。

ようやくのことで腕をゆるめ、至近距離から見つめ合う。濡れたように光る漆黒の双眸は今までで一番きれいに見えた。

対峙《たいじ》する貴之の胸にも様々な思いが去来《きょらい》しているだろう。目を細め、ゆっくりと深呼吸をした彼は、やがてその眼差しにほのかな蜜を混ぜた。

「私たちが同じ想いだと、確かめてもいいですか」

「清水さん……」

「くちづけを許してください。二度とあなたを苦しめないと誓う代わりに」

頤《おとがい》をそっと掬い上げられる。

答える代わりに瞼を閉じると、すぐにしっとりとした熱が唇に押し当てられた。

「ん…」

あったかい――……。

その熱にわけもわからず泣きたくなる。今度こそ同じ気持ちでキスしているんだと思ったら、胸の奥から熱いものがこみ上げてきた。

「愛しています」

ため息のような愛の言葉とともに二度、三度と唇が重なる。少しずつ深さを増していくくちづけに頭の芯がくらくらとなった。

「は、…っ」

どうしよう。どうしたらいい。胸が鳴りすぎて痛いくらいだ。口端からこぼれる熱い吐息《といき》にさえ煽《あお》られてしまう。

「んっ、ん……」

ねだるような声が恥ずかしくて、なのにキスをやめたくなくて、逞《たくま》しい胸に縋るとすぐに片手でグイと抱き寄せられた。

こんなに近くに貴之がいる。自分を求めてくれている。

それなのに不思議だ。一分《いちぶ》の隙もないほど身体を寄せ合い、ひとつになったように錯覚してなお、互いの間にある洋服さえももどかしく思う日が来るなんて。

無意識のうちにコックコートの襟元にカリカリと爪を立てる。

「んんっ」

応えるように舌を強く吸い上げられて鼻にかかった声が洩れた。

唇が離れていった後も、熱を留めたように下唇がジンジンと疼いてやまない。手を伸ばして指先でそっと触れると、それを見た貴之がなぜか眉間に深い皺を刻んだ。

「想いを確かめ合えれば、それでいいと思っていたのに……」

「え？」

「一度でも触れてしまったらもうだめだ」

どういう意味だろう。

呼吸を荒げながら見上げた先、漆黒の双眸に情欲の炎が宿るのがわかった。

「はしたない真似を許してください。けれどもう、一秒だって待てない」

「わっ」

ふわりと身体が持ち上がる。横抱きにされたと気づいた時には店の奥から外へと抜け、渡り廊下を通って母屋の居間へと運ばれていた。

ゆったりとしたソファに下ろされ、そのまま後ろに押し倒される。

覆い被さってきた貴之は、これまで見たこともないような雄《おす》の色香を纏っていた。

「愛しています。あなたがほしい……」

低く、掠れた声。

こうなってしまえばいくら淳でも貴之の言わんとしていることぐらいわかる。同性相手に抱き合うことなんてできるだろうか……そんな危惧《きぐ》も、彼の目を見ているうちにどこかへ吹き飛んでいた。

貴之だから触れたい。

貴之だから触れてほしい。

同じ気持ちでいてくれると思ったら、不安を押してありあまるよろこびが胸を占拠《せんきょ》する。想いを募らせてきた相手に全身全霊で求められてうれしくないわけがなかった。

これから彼のものになる――――それが神聖なことのようにさえ思える。胸がふるえてどうしようもなくて、涙が出るのをごまかすために貴之にぎゅっとしがみついた。

「怖いですか」

慮《おもんぱか》るような声に違うのだと首をふる。逞しい腕に額をすり寄せ、違う違うとくり返す淳に、貴之がふっと笑うのが気配でわかった。

「できるだけ、あなたの負担が軽くなるようにしますから」

「だい…、じょぶ、です」

「朝倉さん？」

「苦しくても、いいです。清水さんなら」

偽ることのないほんとうの気持ちだ。

貴之はわずかに目を瞠り、それから感極まったように目を潤ませた。

「……愛しています……」

囁きとともにやさしいキスが降りてくる。額に、瞼に、頬にと降り注いだくちづけは、最後に辿り着いた唇に想いを注ぎこむように熱を与えた。

「ん…、ふっ……」

やさしく啄《ついば》まれたかと思うとそっと吸われ、甘噛みされて、緊張していた身体が薄皮を剥ぐように弛緩してゆく。濡れた音を響かせながら唇を舐められ、歯列《しれつ》を割られて、そのたびに淳の身体はビクビクと跳ねた。

「ん、っ……」

熱い舌が差しこまれ、口内を余すところなく暴かれる。自分のそれと絡められ、擦り合わせるようにされて、ジンジンとした疼きが身体の奥に生まれるのがわかった。

「ん、ん、……んっ……」

シンとした部屋に自分の声と水音が響く。それが恥ずかしくてしかたないのに、どちらも我慢することができない。貴之に触れられていると思うだけで高まってしまう身体からは絶えず甘えるような声が洩れ、もっともっととキスをねだった。

生きもののように動く貴之の舌は歯列をなぞり、口蓋《こうがい》をくすぐり、次々と淳の弱点を見つけては快楽の淵《ふち》に引きこんでいく。このまま食べられてしまうんじゃないかと錯覚するほど彼の愛撫《あいぶ》は情熱的で、理性を奪うのに充分だった。

「あっ、んぅ……っ……」

強く吸い上げられるたび、ジンジンと痺《しび》れるような疼きが下腹へと落ちてゆく。もったりと重たい熱が蜷局《とぐろ》を巻き、出口を求めてゆるやかに主張をはじめていた。

キスだけでこんなになってしまうのが恥ずかしい。

せめて貴之にも同じだけ返せればいいのに、彼の巧みな愛撫に淳はただただ溺《おぼ》れるばかりだ。項《うなじ》も、こめかみも、髪の毛さえ、どこに触れられても怖いぐらい感じた。

「は、ぁっ……」

気がつくとネクタイは取られ、シャツのボタンも外されている。大きな手がシャツの合わせ目から差し入れられてはじめて、肌に触れられることへの羞恥《しゅうち》に淳は身を捩《よじ》った。

「逃げないで」

「……っ」

耳元で囁かれ、その甘く濡れた声にビクリとなる。ドクドクと高鳴る心音が手のひらから伝わってしまうと思うと恥ずかしくてたまらなかった。

「きれいだ……」

シャツを左右に開いた貴之が小さく感嘆のため息を洩らす。

「なに、言って……ぁっ」

羞恥に前を掻き合わせようとした瞬間、胸の尖りを擦《かす》めた指にあられもない声が洩れた。

「待っ……、今の、違っ……」

懸命に打ち消そうとする淳などお構いなしに、あるいは楽しんでいるかのように、貴之が胸を弄《いじ》りはじめる。やわらかな芯を親指と人差し指で挟むようにしてやわやわと揉み潰されると、少しずつ凝《しこ》っていくのが自分でもわかった。

「やっ……、そんな、とこ……俺、男ですから」

胸に触られて感じるなんてあり得ない。

頭ではそう思っているのに、身体は理性を裏切って勝手に腰を跳ねさせてしまう。

「んんっ……ん、ん……っ」

紙縒《こよ》りを作るように捏《こ》ね回されるうちに尖りはかたく凝り、自身までもがスラックスの中で漲《みなぎ》った。

貴之には気づかれまいと、膝を立てたまま両方の膝頭をぴったり合わせる。

けれど、そんなささやかな努力を打ち砕くかのように、ちゅっという音とともに胸が濡れた感触に包まれた。

「え？　……あ、んっ……」

　貴之に舐《な》められたのだとようやく気づく。やわらかな舌で突起を捏ねられ、舌先で円を描くように乳暈《にゅううん》の縁《ふち》をなぞられると、ぐずぐずと腰の力が抜けるような得《え》も言われぬ快感が駆け抜けた。

　はじめての感覚にはくはくと喘《あえ》いだまま息もできない。口の中に突起を含まれ、前歯でやんわりと甘噛みされて頭の中が真っ白になった。

「あ、……や、ぁ……っ……」

　こんなのは知らない。自分がどうなってしまうかわからなくて怖い。

　ぐすっとしゃくり上げたのが聞こえたのか、顔を上げた貴之が暗がりの中で苦笑するのがわかった。

「かわいい人ですね。気持ちいいですか」

「し、知らな……」

「もっともっと、ねだってください。そんなあなたを私だけに見せてください」

「清水さん、意地悪だ……。俺、清水さんのせいで、こんな……っ、んんっ」

　半泣きで睨むものの貴之の手は止まらない。慎《つつ》ましやかに存在していた胸の尖りは今やぷっくりと立ち上がり、息を吹きかけられるだけでもたまらなかった。

「私のせい？」

「清水さんが、そんなふうにするから……」

「私だから？」

「好きな人に触られたら、誰だって、……あ…、だ、だめ、……っ……」

ようやく胸を解放した手がするすると下の方に滑っていく。足を閉じていてもごまかしようのない昂りに服越しに触れられ、根元からなぞり上げるようにされて声にならない声を上げた。

だが貴之は、そんな淳が愛しくてたまらないというように嘆息する。

「よかった」

どこかほっとしたような声だ。意外に思ってそろそろと顔を上げると、貴之がやさしく目を細めていた。

「感じていてくださって、うれしいです」

「……っ」

そんなふうに言われると恥ずかしいことこの上ない。今さら隠しても遅いのに、それでも羞恥心が勝るあまりもぞもぞとしていると、逞しい腕が伸びてきて強引に下着ともども取り去っていった。

「お、俺だけ……?」

半分涙目になりながら、腕にシャツを引っかけただけの心許《こころもと》ない格好で抗議の声を上げてみる。

貴之はくすりと笑うなり、ソファの上に膝立ちになって次々と着ているものを脱ぎ捨てていった。

「あ…」

逞しい上半身に思わず声が洩れる。

貴之がこんなに着痩せするタイプだとは知らなかった。服を着ている時には気づかなかった厚い胸板に知らず目が吸い寄せられる。

けれどそれも数秒のことで、すぐに貴之の視線に気づいて淳は慌てて目を逸らした。

「見とれてくださったのならうれしいのですが」

「ち、違いますっ」

くすくすと含み笑う貴之には、どんなに否定してもお見通しだろう。再び覆い被さってきた彼に抱き締められ、裸の胸が触れ合う心地よさにため息が洩れた。

唇を重ねながら、両腕を貴之の首にかけるよう促される。甘えているようで恥ずかしかったけれど、キスが深くなるのが気持ちよかった。

そうしている間にも貴之の手が再び下肢《かし》へと這わされる。今度は自身を握りこまれ、羞恥と快楽の狭間《はざま》でぐらぐらと眩暈がした。

清水さんが、俺を……。

直に感じてくれている。彼に昂奮《こうふん》し、彼を求めてやまない熱をその手で受け止めてくれている。

「んんっ……」

ゆるゆると上下に扱《しご》かれ、あまりの気持ちよさに身体がふるえた。

無意識のうちに腰を突き出してしまい、我に返って慌てて腰を引こうとするものの逞しい腕に引き戻される。いつも重たい鍋をふるっているからか、貴之の腕の力がこんなに強かったなんてこうなってみるまで知らなかった。

「あっ、ん、んっ……」

徐々に熱が高まってゆく。

執拗《しつよう》に括《くび》れを撫でられ、強引に扱き上げられて、そのたびにビクリと腰が揺れた。部屋には自分の荒い呼吸だけが響く。時折それを追いかけるようにしてくちくちという淫《みだ》らな水音が響いた。

「や、あ、……あ……」

いつ達してもおかしくないほど自身は張り詰め、先走りをあふれさせる。

こんな姿を貴之に見られているのだと思うと恥ずかしくてたまらないのに、彼によって高められていくことがこれ以上ないほど気持ちよかった。

「あ、ぁ……やっ、…まだ、っ……」

すぐにでも気を遣《や》ってしまいそうで、けれどもっと貴之を感じていたくて、熱に浮かされたように首をふる。それでも限界はそこまで迫り、淳を連れていこうとしていた。

「我慢しないで」

耳に吹きこまれる甘い誘惑に潤んだ目を開く。

「かわいいですよ。そのまま達《い》ってください」

「清水、さ……、あぁっ……」

一際敏感な裏側をなぞり上げられた瞬間、目の前に星が散った。

「あっ、だめ、……そんな、したら……」

首筋に縋りつく。荒い呼吸をくり返しながら愛しい人の手にすべてを委《ゆだ》ねる。

「清水さん……、あ、あ、あ……もう達く、達くっ………」

一瞬、身体がふわりと浮くような感覚があり、下腹がびくびくと脈打つと同時に自身から勢いよく白濁《はくだく》が散った。

かたく閉じた瞼の裏が得も言われぬ極彩色に染まる。二度、三度と吐精《とせい》しながら、淳はようやくのことで息を吐き出した。

「大丈夫ですか」

貴之が汗で貼りついた前髪を掻き上げてくれる。

忙《せわ》しなく胸を上下させながらようやくのことで目を開けた淳は、力の入らない顔で笑ってみせた。

「あんなに色っぽい顔をするなんて……。見ている私の方がおかしくなりそうでした」

素敵でしたよと耳殻《じかく》にキスを落とされただけで、今しがたの快感を追うように残滓《ざんし》がとぷんとあふれてくる。

「あ…」

「かわいい人だ」

慌てる淳に、貴之はうれしそうに目を細めた。

「もっともっと、気持ちよくなってください」

「で、でも、俺より……」

思い切って貴之自身に手を伸ばす。

指先が昂りに触れるや否《いな》や、貴之が驚いたように声を上げた。

「朝倉さん」

「次は、俺が……」

「お気持ちはうれしいですが、それでは私が持ちません」

「え？」

「あなたと、ひとつになりたい」

宣言するや、貴之の手が後孔《こうこう》に伸びてくる。緊張にこわばる蕾《つぼみ》をあやすように残滓のぬめりを塗り広げると、貴之はゆっくりとそこを慣らしはじめた。

「痛くはないですか」

「ん……。なんか…、変……」

そんなところに触れたことも、ましてや触れられたこともない淳にとっては、まったくはじめての感覚だ。それでも、これから先の行為に備えてできるだけ力を入れないように努めた。

入口が慣れてきた頃合いを見計らって、貴之の指がそろそろと潜《もぐ》りこんでくる。

少し挿入しては落ち着くまで待ち、じわじわと緊張が解けかけたところを見計らってはまた侵入の距離を伸ばしと、気の遠くなるような時間をかけて貴之は後孔に指を馴染ませていった。

「は、ぁっ……」

中指がすっかり収まってしまうと、今度は人差し指を添えて同じことをくり返し、さらにその次は薬指を加えてとていねいに解される。できるだけ負担を軽くと言ったとおり、最後には淳が待ちきれなくなるまで貴之は準備にじっくり時間をかけた。

おかげで痛みはなくなったものの、ジンジンとした腫《は》れぼったい感覚に苛まれる。貴之の指が出ていってしまうとなおさら中の疼きは強まるばかりだった。

縋る思いで見上げると、貴之がごくりと咽喉《いんこう》を下げる。覆い被さってきた彼に貪るようにくちづけられ、その荒々しさにうっとりとなった。

早くひとつになりたい。身も心も彼のものになりたい。

想いを伝えるつもりで縋りつくと同時に、後ろに熱いものが押し当てられる。

「息をしていてくださいね」

淳が頷くのを待って、貴之がグイと押し入ってきた。

「あ――――」

想像以上の衝撃に言葉も出ない。息をしてと言われたことも忘れ、淳は身をこわばらせた。

「……くっ」

身体に力が入っているせいだろう、貴之の苦しそうな吐息が降ってくる。それを聞いたら、彼のためにもなんとかしなければと思えてきて、淳は懸命に浅い呼吸をくり返した。

ゆっくりと時間をかけて呼吸を長く、深くしていく。そうして緊張がゆるんだ隙を見計らって腰を進められ、少しずつ雄蘂《ゆうずい》を呑みこんでいった。

「あぁっ、あ――……」

最後にズン、と突き入れられ、とうとう最奥《さいおう》まで貴之を迎える。限界まで開かされた身体は強い衝撃にまたもこわばり、ほんの一瞬だけれど意識が飛んだ。

「朝倉さん。朝倉さん、目を開けて」

軽く頰を叩かれて我に返る。

「……俺……」

「大丈夫ですか。無理をさせてしまいましたね」

「無理……？　あぁ、全部挿《はい》ったんですね」

ひとつになれてよかった。

思ったことをそのまま口にすると、貴之はなぜか、なにかをこらえるように眉を寄せた。

「あまり煽らないでください」

どういう意味だろう。

聞き返そうとする淳を制し、貴之が触れるだけのくちづけを落とした。

「慣れるまでこのままでいます。あなたにだけ辛い思いをさせてすみません」

「どうして謝るんです。俺がしてほしいのに」

「……っ」

「あ、なんか……ちょっと、大っきくなりました、か……？」

ただでさえみっしりとした質量がさらに一回り増えた気がする。

そう言うと、貴之はさらに渋面になった。

「あなたのせいですよ。少しも傷つけたくないのに」

またもわからない言葉に気を取られかけたものの、ゆさっと腰を揺すられて息を呑む。根元まで埋めこまれた貴之自身がゆるゆるとした動きに合わせて中を絶妙に掻き回しはじめた。

「あっ、それ、ん……あぁっ……」

大きく張り出した先端で擦られると、じんわりとした深い快感が身の内から湧き起こる。蠢動《しゅんどう》する内壁《ないへき》を煽るようにしてゆっくりとした抽挿《ちゅうそう》がはじまった。

少し引き抜いては浅く突かれ、一息に打ちこまれては捏ね回される。緩急《かんきゅう》をつけた甘い責め苦に、そのたびに淳は切れ切れの声を上げて身悶《みもだ》えるしかなかった。

一度達した後だというのに、淳の熱は再びかたさを取り戻し、抽挿に合わせてゆらゆらと揺れる。あふれる雫《しずく》がいつの間にか後ろまで滴《したた》り、潤滑剤《じゅんかつざい》の代わりにぐちゅん、といやらしい音を立てた。

「は……っ」

貴之の押し殺すような吐息が色っぽい。それだけでまた身体が一段と熱くなる。無意識のうちに中の雄蘂を締めつけていたのか、隘路《あいろ》をこじ開けるようにして深くまで抉《えぐ》られ、ぞくぞくとしたものが背筋を這い上った。

「ど、しよ……すごい、気持ちいい……」

はじめてなのに、こんなに感じてしまうなんて。

熱に浮かされるように貴之の耳朶《じだ》を舐めると、またも中の体積がグンと増した。

「あ、待って、清水さ…、そんな……中、いっぱいになっちゃうから」

貴之はとうとう顔を顰める。

「まったく困った人ですね。煽った責任は取っていただきますよ」

苦み走った色気に見とれているうちに腰を抱え直され、すぐさま容赦ない突き上げがはじまった。

「んっ、んぁっ……あ、あ、あ……」

ガクガクと揺らされながら必死に貴之の腕に縋る。彼を打ちこまれ、これ以上ないくらいひとつになっていることがうれしくて、目が合った瞬間思わず表情がゆるんだ。

「色っぽいですね」

貴之が極上の笑みを浮かべる。

「清水さんの、声も……」

「声？」

「すごく、ドキドキします」

低いのに凛としていて、滲み出るような甘さがある。耳にするたび蕩《とろ》けてしまいそうになるなんて知ったらなんて言うだろう。

「淳」

そんないい声に前触れもなく名前を呼ばれ、心臓がドキッと跳ねた。

「な、なんで、いきなり……」

貴之は動きを止め、確信犯のように口端を持ち上げる。

「もっとドキドキしてもらえるかと思いまして」

「そんな」

「亮には呼ばせて、私に呼ばせてくれないなんて言わないでしょう？」

「なに、言って……あっ、あぁ、っ……」

反論は再開された抽挿に呑みこまれる。

「私のことは？」

それどころかお返しを要求され、ねだるように腰を回されて、たちまちのうちにぐずぐずになった。

「た、たか……ぁっ、……貴之、さん……」

「よく言えました」

音を立ててくちづけが降る。それが合図だったかのように腰を引き寄せられ、すぐに激しい抽挿がはじまった。

「……あ、ぁ……っ」

逞しいものでくり返し最奥を突かれ、嬌声《きょうせい》さえも切れ切れになる。愛しい腕にしがみつき、きつく抱き合ったまま、ふたりで迎えるはじめての高みへと熱に浮かされ駆け上っていった。

「あ、だめ……も、達き、そ……」

「えぇ。私もです」

想いを注ぎこもうとするようにどちらからともなく唇が重なる。貴之の後頭部に手を回し、これ以上ないほど引き寄せて甘いくちづけを貪った。

荒い呼吸が追いかけ合う。

触れたところから溶けていく。

「貴之さ……貴之、さんっ……」

もうなにも聞こえない。

もうなにも考えられない。

なにもかも越えてひとつになる、ただそれだけしかわからない。

「淳……」

「あ、あっ……、――――……」

一際強く突き入れられた瞬間、最奥にたっぷりと熱い奔流《ほんりゅう》が注ぎこまれる。それに押し出されるようにして、淳もまた触れられることなく二度目を極めた。

「はぁっ、……は、……ぁっ……」

息を弾ませながら至近距離で見つめ合う。

胸がいっぱいで、この感動が言葉にならないのがもどかしい。そう言うと、貴之はそっと目を細めながら「同じ気持ちです」と微笑んでくれた。

ようやく想いを遂《と》げられた。愛する人とひとつになれた。それはなんて素晴らしいことなんだろう。

途方もないしあわせに包まれながら、引かれ合うようにしてくちづけを交わした。

「淳。愛していますよ」

「俺も。愛してます……」

唇に感じる熱い吐息に再び高められてゆく。

終わらぬ夜のはじまりに、ふたりはゆっくりと瞼を閉じた。

＊

「たっだいまー！」

土曜の午後、元気な声とともに勢いよく玄関の開く音がする。

揃って台所に立っていた淳と貴之は、あかるい声に顔を見合わせて微笑んだ。

「亮くん、いいタイミングで帰ってきたなぁ」

「あの様子なら校外学習も楽しかったようですね」

鍋の火を止め、手を洗って迎えに出る。

だが亮は、淳の姿を見つけるなり「わっ」と驚きの声を上げた。

「淳、どうしたの？　いつ来たの？　もう大丈夫なの？」

「へっ？」

靴を履いたまま飛びかからんばかりの勢いだ。目を丸くする亮にこちらの方が驚かされつつ、淳はスリッパを鳴らして駆け寄った。

「お帰り。亮くんこそどうした？」

どうもただごとではない様子だ。

上がり框《かまち》にしゃがんで頭を撫でてやると、亮は真剣な顔でこちらを見上げた。

「淳、もう来ないかと思ってた」

「どうして俺が来ないと思ったの？」

「だって……」

貴之の見舞いに訪れたあの夜。

お粥を食べてお腹が満たされ、安心感からすぐに眠った亮だったが、隣の部屋で大人ふたりが言い争う声にぼんやりと目が覚めたのだそうだ。

「お、起きてたのか？」

あの時の会話を聞かれていたのかとギョッとする。

「んー。でも、おれ、眠くてよくわかんなかった」

夢うつつにどうしたんだろうと思っているうちに、淳が飛び出していくのが聞こえたらしい。

朝になって、いつもはにこやかな貴之に元気がなかったことから、昨夜のあれは夢じゃなかったんだ、きっと父親となにかあったんだろうと子供心に悟ったという。

「ふたり、チワゲンカしてたんでしょ？」

「……」

鋭い質問に一瞬にして空気が凍る。

「いや、喧嘩っていうか、なんていうか……」

「もう仲直りしましたよ」

「ほんとに？　パパ、フラれたから励ましてあげなきゃと思ってたけど、平気？」

無邪気に見上げてくる息子に、貴之は「そんな言葉、どこで覚えてくるんです。まったく……」とため息をつきながらも、にっこりと微笑み返した。

「ええ。大丈夫ですよ」

途端、亮はぱっと顔を輝かせる。

「じゃあ、くっついたんだ！」

「……っ」

大きな声で高らかに言われて、今度こそ血の気が引いた。

あなたの息子はどうなってんですか！　と目で貴之に問うものの、当人もさすがに困惑は隠せないようだ。そんな大人たちを見上げながら亮はひとり「うまくいったんだねー」と呑気に笑った。

「亮くん、あのさ」

小さな肩に腕を回し、玄関の隅に連れていく。

「意味、わかってる？」

「わかってるよ。パパとつき合うんでしょ？　違う？」

「…………」

二十五年生きてきて、これほど答えづらい質問もない。

どうしたものかと困っていると脇腹にパンチをお見舞いされた。

「もう。はっきりしなよ、淳。はっきりしない男は嫌われるよ」

「亮くんって時々、眩しいくらい男らしいよね……」

「まぁね！」

亮がえっへんと胸を反らせる。

会話はすべて筒抜けだったようで、傍らで貴之がやれやれと肩を竦めるのが見えた。

それにしても、このおませなところは誰に似たんだろう。背伸びしたい年頃とはいえ心臓に悪いし、ちょっと怖い。

「料理上手の男はモテるよー？」

「そうなんだ」

「だからこれからは、見習いをビシバシ鍛《きた》えるからね」

これまた覚えたての表情なのか、悪ぶってニヤリと片方の口端を持ち上げてみせるのがなんともかわいくて、淳は「亮くんの一番弟子にしてもらえるように頑張る」と誓った。

「淳はちゃんとおれの弟子になれるかなぁ」

「なれますよ」

それまで傍で話を聞いていた貴之が援護射撃に入ってくれる。

「淳は、約束を守ってくれる人ですから」

「あー！　パパも淳って呼んでるー。おれだけだと思ってたのに」

「ふふふ」

貴之はチラとこちらを見るなり、「ほらね」と言わんばかりにウインクをよこした。

なるほど、さすがこの父にしてこの子ありだ。これが隔世《かくせい》遺伝というやつだろうか……叔父と甥《おい》だけど。

「それより亮、手を洗っておいでなさい。おやつがありますよ」

「やったー！」

歓声とともに勢いよく靴を脱いだ亮だったが、洗面所に向かってダッシュしたと思いきやもう一度玄関に戻ってきて、ていねいに脱いだばかりのズックを揃えた。少し前に靴を脱ぎ散らかして父親に叱られたことをちゃんと覚えていたらしい。

偉いなぁ……。

それを見ながらつくづく感心してしまう。自分の小さな頃とは大違いだ。下手したら今の自分よりちゃんとしているかもしれない。きっと、しっかりものの男に育つだろう。

「淳もおやつ食べるよね。パパも」

一緒に手を洗おうと洗面所まで腕を引かれる。

三人で並んで廊下を歩きながら、亮がふと心配そうにこちらを見上げた。

「淳、もうどっか行かないよね。これからはここにいるよね」

「亮くん?」

「一緒に住むんでしょ?」

「な……」

あまりのものわかりのよさに言葉も出ない。

子供にどう説明したものかと焦ったものの、えーとえーとと慌てているうちにそんな自分がおかしくなって、顔を見合わせて三人で笑ってしまった。

自分たちの間に血の繋がりはない。

それでも、自分を受け入れてくれたことに感謝しながら、これからは家族として生きていくのだ。

「今夜はお祝いですね」

貴之がそう言ってにっこり笑えば、亮も手伝う手伝うと飛び跳ねる。

差し当たっては、先ほど淳と貴之がふたりで作った桃と白木耳《しろきくらげ》のコンポートを食べながらメニューを考えるのがいいだろう。先日貴之が熱を出した際、淳が見舞いにと持ってきた桃を使った自信作だ。作るのは貴之に任せ、淳も味見係として協力した。

冷蔵庫からよく冷えたガラスの器を三つ取り出す。

視線の先にある居間では、亮が鼻歌を歌いながらテーブルの上を整えているのが見えた。

こうしているのがなんだか不思議だ。今はまだお客さんのような気持ちがあるけれど、それも少しずつ薄れ、やがてこの家に馴染んでいくんだろう。

「楽しそうですね」

貴之がお盆を差し出しながら話しかけてくる。

それをありがたく受け取りながら、淳もにっこりと微笑み返した。

「これからこんな生活がはじまるんだなって思うとわくわくします」

「ほんとうですね。あの子もあんなにはしゃいで……」

父親たちの視線に気づいたのか、亮が「スプーン出したよー」と叫んでいる。そんなに大きな声を出さずとも充分聞こえる距離なのに、彼も自分たち同様、気分が高揚《こうよう》してしかたがないんだろう。

貴之はそれに苦笑で応えた後で、しみじみとした顔でふり返った。

「あなたも、亮も、私の大切な宝物です。これからもずっと」

「俺にも同じことを言わせてくれますか？」

「よろこんで」

お盆で顔を隠し、触れるだけのささやかなキスを。

唇にほんのりと移る桃の香りが、これからのしあわせな日々を約束していた。

蜜色恋膳

ひんやりとした朝の空気が頬を撫《な》でる。

起床時間が迫っているんだろう。それでももう少しだけこの心地いい時間に浸《ひた》っていたくて、淳《じゅん》は目を閉じたままもぞもぞとタオルケットを被り直した。

「ん……」

何度もやさしく髪を梳《す》かれて、甘えたような声が洩《も》れる。猫だったら喉を鳴らしているところだ。こんなに満たされた気持ちでとろとろと微睡《まどろ》むなんてほんとうに久しぶりのことだった。

起きたくないなぁ……。

もう少しだけと思いながら、あたたかな手のひらに頬をすり寄せた時だ。

「ふふ」

すぐ近くから聞こえた声に、はっとして瞼《まぶた》を開く。

「おはようございます」

その瞬間、目の前に現れた美丈夫《びじょうぶ》の笑みに心臓が止まりそうなほど驚いた。

「おっ…、おはよう、ございます……」

条件反射で挨拶《あいさつ》を返したものの、今度は自分の声がひどく掠《かす》れていることに驚かされる。

同時に、昨夜《ゆうべ》のことが怒濤《どとう》の勢いで脳裏《のうり》を過《よ》ぎった。

貴之《たかゆき》と想いを重ね合えたことがうれしくて、勢いのままあんなことやこんなことをした。あられもないことをたくさん口走った気がするし、最後の方はもうわけもわからなくなってしまって……。

――ど、しよ……すごい、気持ちいい……。

「うひー………」

己の痴態《ちたい》を思い出し、たまらず両手で頭を抱えた。

まったくいたたまれないったらない。いい大人が理性をかなぐり捨てて求め合ってしまうなんて。

けれどそう思う一方で、うれしかったことも確かに事実だ。愛する人から全力で求められることがあんなにしあわせな気持ちになるなんて知らなかった。

――愛しています。あなたがほしい……。

自分を見下ろす熱っぽい眼差し。普段は静寂《せいじゃく》をたたえた双眸《そうぼう》が情欲に濡れて光っていたのがひどく印象的だった。

ほんとうに、身も心も貴之のものになったのだと実感する。それはうれしくも照れくさく、誰かに自慢したくなるような、大切な秘密にしておきたいような不思議な気分だった。

「おやおや。また百面相になっていますよ」

「だ、だって」

唇を尖《とが》らせると、貴之は眼差《まなざ》しにそこはかとなく艶《つや》を混ぜた。

「淳のそんな顔を見ていると、昨日のことが夢ではなかったのだと実感できます」

「……！」

ついさっき自分でも同じことを思ったくせに、貴之から言われるとかなりの破壊力だ。

気を抜いているとまたもおかしな顔になってしまいそうで、淳は深呼吸をして気持ちを落ち着け、あらためて口を開いた。

「俺のこと、これからもずっとそう呼ぶんですか」

貴之が意図を計りかねたように小首を傾《かし》げる。

「あ、嫌《いや》って意味じゃなくて。なんとなく清水《しみず》さんは呼び捨てとかしないイメージだったんで」

「貴之、ですよ」

「……た、貴之さん」

素直に言い直すと、貴之は「よくできました」と相好《そうごう》を崩した。それからゆっくり上体を起こし、なにか考えこむように顎《あご》に手をやる。

「寝所《しんじょ》の中でだけお名前をお呼びするというのも、それはそれで色っぽい気はしますね。あなたへの睦言《むつごと》のようで」

「……！」

「けれど私は、できることなら常にあなたを感じていたいのです。名を呼ぶことを許されている人間なのだと口に出して実感したいのですよ」

ただの我儘《わがまま》ですけれど。

そう言ってにっこり微笑《ほほえ》むのを見上げていたら頭が沸騰《ふっとう》しそうになった。

「………」

「どうされましたか」

「お、俺……貴之さんがそんな甘い台詞《せりふ》をぽんぽん言う人だとは思わなかったので、耐性がないっていうか……」

「これからいくらでも身につきますからご安心ください」

「控《ひか》えるって方の選択肢《し》は……」

「残念ながら」

実に爽《さわ》やかに一蹴《いっしゅう》される。

「やっと想いが通じ合ったというのに、どうして我慢などできるでしょう。淳は私にとってなくてはならない大切な人です。どれほど愛しても尽きることがない」

「ああああの！」

「愛していますよ。淳」

「～～～っ」

ぱくぱくと口を開けたり閉めたりした挙《あ》げ句《く》、結局なにも言い返せないままバタリと倒れた。

――――恋愛って、ものすごく体力がいるんだな……。

ソファに突っ伏したまままこれからのことに思いを馳《は》せる。

ほんとうに耐性はつくんだろうか。どんなに熱っぽい視線を向けられても、甘い言葉を囁《ささや》かれても、落ち着いて返せるようになるんだろうか。今のところそんな気はまったくしないのだけれど。

嘆息《たんそく》したのが聞こえたのか、頭上から小さな苦笑が降った。

「淳は思ったことがなんでも顔に出ますね」

「えっ。そ、そうです……？」

「ええ。見ていてとても楽しいです。いつまでもあなたとこうしてお喋《しゃべ》りしていたいところですが、残念ながら今日も仕事に行かなくては」

「あ！　そうだった、仕事！」

途端に現実を思い出し、慌てて起き上がろうとして淳は再び撃沈した。

あらぬところに猛烈な違和感を感じる。こんな爽やかな朝だというのに、昨夜の行為をはっきりと思い出してしまうくらいには生々しい感覚に身を伏せたままぷるぷると身悶《みもだ》えた。

まだ、中に彼がいるみたいだ――。

そう思っただけで頬が熱い。身体の奥まで疼《うず》いてしまいそうになる。

「……っ」

こんな状態で今日一日過ごすのかと思うと……。

無事に乗りきれるか大いに疑問だったが、だからといって会社を休むという選択肢は淳にはない。なにせまた繁忙期《はんぼうき》に差しかかっている。理由が理由だけに上司に打ち明けるわけにもいくまい。

「俺、家帰ります」

とにかく一度自分のアパートに戻らなければ。

なるべく下腹に力を入れないようにしてそろそろと起き上がると、さりげなくそれを支えてくれた貴之が確かめるように顔を覗《のぞ》きこんできた。

「着替えのことを気にしていらっしゃいますか？」

「はい。さすがに昨日と同じ格好っていうのも……」

淳自身は着るものに頓着《とんちゃく》しないので、それが清潔でありさえすればなんでも構わないのだけれど、なにせ隣の席の矢代《やしろ》は目敏《めざと》い。スラックスのみならず、シャツもネクタイもそのままだったりしたら「昨日はどこ泊まったんだよ」「彼女でもできたのか」と根掘り葉掘り聞かれそうだ。

そう言うと、貴之は「それなら」とコンビニの袋を差し出してきた。

「ご趣味に合うかはわかりませんが、サイズは大丈夫だと思います」

「え？　これ、もしかして……？」

おそるおそるビニール袋の中を覗きこむと、さっきまで棚《たな》に陳列《ちんれつ》されていたであろうワイシャツやネクタイ、靴下《くつした》、下着類が入っている。まだ淳が寝ているうちに調達してくれたのだという。

「ほんとに？」

「これなら、ここから一緒に会社に行けるかと思いまして」

「……貴之さん、ほんとにコンビニ行くんですね」

「まだ信じていらっしゃらなかったんですか」

ついつい顔を見合わせて笑ってから、淳はぺこりと頭を下げた。

「こんなことまでしてもらって……すみません。ありがとうございます」

袋から取り出してシャツやネクタイをしみじみと眺《なが》める。

少ない選択肢の中から、それでも貴之が自分のために選んでくれたのだと思うと、ペールグレーのストライプが入ったワイシャツも、紺地《こんじ》に小さなドットが並んだネクタイも、なんだかすごく特別なものに思えた。

大事にしよう……。

うれしくて、表に裏にと矯《た》めつ眇《すが》めつしていると、それを見た貴之がなぜか渋面《じゅうめん》を作った。

「これはカウントしないでくださいね」

「え？」

「あなたに差し上げるはじめての贈りものは、もっと吟味《ぎんみ》したいので」

一瞬、言われた意味がわからずぽかんとしたものの、すぐに気づいて噴《ふ》き出しそうになった。

貴之はちょっと悔《くや》しそうに顔を顰《しか》めている。そんな彼を見ているうちに、六つも年上にも拘《かか》わらずとてもかわいく思えてやっぱり笑ってしまった。

「貴之さんからもらえるなら、俺はなんでもうれしいのに」

偽《いつわ》ることのないほんとうの気持ちだ。

そう言うと、貴之はさらに眉間《みけん》の皺《しわ》を深くした。

「あなたはすぐそうやって、無意識に私を煽《あお》る……」

「へっ？」

「今すぐ私自身を差し上げたいところですが、もう時間もありませんので」

不意に肩に手が置かれる。あ……、と思っているうちに端整《たんせい》な顔が近づいてきて、覆い被さるようにして熱いもので唇を塞《ふさ》がれた。

しっとりと重なった間から舌が潜《もぐ》りこんでくる。ぬるりとした感触に肩を竦《すく》めているうちに貴之の舌は歯列《しれつ》を割り、口腔《こうこう》を探り、甘い唾液《だえき》を掻《か》き混ぜながら強く深く貪《むさぼ》っていった。

「ん、んっ……」

ちゅっと音を立てて唇が離れていく。

短いながらも情熱的なキスにぼうっとなっていると、そんな淳を見て含み笑った貴之が、おまけとばかりに額《ひたい》にも触れるだけのくちづけを落とした。

「帰ってきたら存分に」

「な…っ」

「ほら。起きてください。おいしい朝ご飯を食べましょう」

淳がなにか言い返すより早く、支度《したく》をすると言って貴之が部屋を出ていく。

ぼんやりと後ろ姿を見送った淳は、しばらくして我に返り、眉《まゆ》を下げて苦笑した。

「無意識はどっちですか。もう」

貴之が作ってくれる朝食が淳にとって最高のプレゼントになるなんて、彼は想像もしないのだろう。

これまで夕食は何度も一緒に摂《と》ってきたけれど、朝餉《あさげ》の卓を囲むのははじめてのことだ。同じ朝を迎えたんだなぁとしみじみと実感してしまった。

寝ている間に貴之が着せてくれたと思《おぼ》しきパジャマのボタンを外しながら、なにげなく手元に目を落とした淳は、だがまたも目を瞠《みは》ることになった。

「な、な、なっ」

あちこちに散る朱色の徴《しるし》。俗に言うキスマークというやつだ。

それが胸と言わず腹と言わず、腰骨のあたりや際どいところまで点々と刻まれている。貴之はああ見えて案外愛情表現を惜しまないタイプかもしれない。

「これから俺、どうなるんだ……」

くらりと眩暈《めまい》がしたところで、見透かしたかのように台所から自分を呼ぶ声が聞こえた。

続いて、味噌汁《みそしる》のいい匂い。この香りはだし巻き卵だろうか。それにかすかに魚を焼く音もする。

それを頭に思い描いた瞬間、条件反射のように腹の虫がぐうと鳴った。

愛しい人と、おいしいご飯。それはなんてしあわせなことだろう。

「淳ー」

自分を呼ぶ、やさしい声に向かってふり返る。

「今、行きます」

にっこり笑って答えながら、淳は真新しいシャツに袖を通した。

あとがき

こんにちは、宮本《みやもと》れんです。

『飴色恋膳』お手に取ってくださりありがとうございました。

突然ですが、「受の胃袋を摑む攻」って萌えませんか？　私はＢＬに嵌まった当初からこの萌えを患い続けておりまして、攻がおいしい手料理を作って受に食べさせているのを読んだり書いたりすると、それだけでしあわせメーターがぐぐっと上がります。なので、今回の薬膳料理人という設定はテンションが上がると同時に、それまで馴染みの薄かった薬膳や漢方を知るきっかけにもなり、とてもおいしく楽しく書かせていただきました。

淳《じゅん》のお疲れモードを解消するための献立を考えるのもいい勉強になりました。私自身も〈気虚〉と思い当たる節が多かったので、作中に登場するからと作って食べているうちにちゃっかり自分まで元気になったような気がします。ありがたや……！

また、今回もうひとつ虜になったのがお茶です。一月に出していただいた本には紅茶がたくさん出てきましたが、今作は中国茶。以前から訪中訪台の機会などにちょこちょこと買い求めては嗜んでいたのですが、あらためて学んでみるとその種類も効能も千差万別！知るほどになるほどと唸り、試してみたくなり……。うーん、中国茶、奥が深いです。

　そんなわけで執筆中いろんなお茶をいただきましたが、一番のお気に入りは甘いミルクの香りのする阿里山金萱茶《アーリーシャンジンシュエンチャ》です。茶杯を口元に近づけただけでふわふわしてしまうくらいいい匂いなんですよ。ゆったりお茶を味わっているとほっとします。この本を読んでくださった方にも「中国茶、飲んでみたいな」と興味を持っていただけたらうれしいです。

　次の作品は偶然にもまたまたお茶繋がりで、今度はお抹茶の世界です。はてさて、どうなりますことやら、こちらにもおつき合いいただけましたら幸いです。


　本作にお力をお貸しくださった方々に御礼を申し上げます。

　北沢《きたざわ》きょう先生。素敵なイラストで飾っていただける機会に恵まれ、大変光栄に思っております。どんなふたりを描いていただけるかとても楽しみにしています。

　担当K様、今回もまたお世話になりました。おかげさまでこのお話も日の目を見られることになり、ほっとしています。今後ともどうぞよろしくお願いいたします。

　最後までおつき合いくださりありがとうございました。

　本作のご感想を編集部に送ってくださった方には、お返事とともにちょっとしたものをお送りする予定です。よろしければぜひお声をお聞かせくださいね。

　それではまた、どこかでお目にかかれますように。

二〇一六年　飴色の秋、やさしいお茶の香りとともに

宮本れん

アメジストの甘い誘惑《アメジストのあまいゆうわく》

宮本れん
イラスト：Ciel

本体価格855 円+税

大学生の暁は、ふとした偶然で親善大使として来日していたヴァルニーニ王国の第二王子・レオナルドと出会う。華やかで気品あるレオに圧倒されつつも、護衛の目をごまかし街へ出てきたという気さくな人柄に触れ、彼のことをもっと知りたいと思いはじめる暁。一方レオナルドも、身分を知っても変わらず接してくれる素直な暁を愛おしく思うようになる。次第に惹かれあっていくものの、立場の違いから想いを打ち明け合うことが出来ずにいた二人は──。

リンクスロマンス大好評発売中

執愛の楔《しゅうあいのくさび》

宮本れん
イラスト：小山田あみ

本体価格870円+税

老舗楽器メーカーの御曹司で、若くして社長に就任した和宮玲は、会長である父から、父の第一秘書を務める氷堂瑛士を教育係として紹介される。怜悧な雰囲気で自分を値踏みしてくるような氷堂に反発を覚えながらも、父の命令に背くわけにはいかず、彼をそばに置くことにした玲。だがある日、取引先とのトラブル解決のために氷堂に頼らざるをえない状況に追い込まれてしまう。そんな玲に対し、氷堂は「あなたが私のものになるのなら」という交換条件を持ちかけてきて──。

恋、ひとひら《こい、ひとひら》

宮本れん
イラスト：**サマミヤアカザ**
本体価格870円+税

黒髪黒髪に大きな瞳が特徴的な香坂楓は、幼いころに身寄りをなくし、遠縁である旧家・久遠寺家に引き取られ使用人として働いていた。初めて家に来た時からずっと優しく見守ってくれていた長男・琉生に密かな想いを寄せていた楓だが、ある日彼に「好きな人がいる」と聞かされてしまう。ショックを受けながらも、わけあって想いは告げられないという琉生を見かねて、なにか自分にできることはないかと尋ねる楓。すると返ってきたのは「それなら、おまえが恋人になってくれるか」という思いがけない言葉で…。

リンクスロマンス大好評発売中

あまい恋の約束《あまいこいのやくそく》

宮本れん
イラスト：**壱也**
本体870円+税

明るく素直な性格の唯には、モデルの脩哉と弁護士の秀哉という二人の義理の兄がいた。優しい脩哉としっかり者の秀哉に、幼い頃から可愛がられて育った唯は、大学生になった今でも過保護なほどに甘やかされることに戸惑いながらも、三人で過ごす日々を幸せに思っていた。だがある日、唯は秀哉に突然キスされてしまう。驚いた唯がおそるおそる脩哉に相談すると、脩哉にも「俺もおまえを自分のものにしたい」とキスをされ…。

誓約のマリアージュ

せいやくのマリアージュ

宮本れん

イラスト：**高峰 顕**

本体価格870円+税

凛とした容貌で、英国で執事として働いていた立石真は、日本で新しい主人を迎える屋敷に雇われることになる。真の主人になったのは、屋敷の持ち主だった資産家の隠し子・高坂和人。これまでに出会ったどの主人とも違う、大らかな和人の自由奔放な振る舞いに最初は困惑するものの、次第にその人柄に惹かれていく真。そんなある日、和人に見合い話が持ち上がる。どこか寂しく思いつつも、執事として精一杯仕えていこうと決心した真だが、和人から「女は愛せない。欲しいのはおまえだ」と思いもかけない告白をされ…。

リンクスロマンス大好評発売中

蜜夜の刻印

みつやのこくいん

宮本れん

イラスト：**香咲**

本体価格870円+税

銀髪と琥珀の瞳を持つキリエは、ヴァンパイアを狩るスレイヤーとして母の仇であるユアンを討つことだけを胸に、日々を過ごしてきた。だがユアンに対峙し、長い間独りで生きてきた彼に自らの孤独と似たものを覚え、キリエは少しずつユアンのことが気になり始めてしまう。「憎んでいるなら殺せばいい」と傲然に言い放ちながらもその瞳にどこか寂しげな色をたたえるユアンに、キリエは心を掻き乱されていき…。

溺愛君主と身代わり皇子

できあいくんしゅとみがわりおうじ

茜花らら

イラスト：**古澤エノ**

本体価格870円+税

高校生で可愛らしい容貌の天海七星は、部活の最中に突然異世界へトリップしてしまう。そこは、トカゲのような見た目の人やモフモフした犬のような人、普通の人間の見た目の人などが溢れる異世界だった。突然現れた七星に対し、人々は「ルルス様！」と叫び、騎士団までやってくることに。どうやら七星の見た目がアルクトス公国の行方不明になっている皇子・ルルスとそっくりで、その兄·ラナイズが迎えに現れ、七星は宮殿に連れて行かれてしまった。ルルスではないと否定する七星に対し、ラナイズはルルスとして七星のことを溺愛してくる。プラチナブロンドの美形なラナイズにドキドキさせられ複雑な心境を抱えながらも、七星は魔法が使えるというルルスと同じく自分にも魔法の才能があると知り…。

リンクスロマンス大好評発売中

初恋にさようなら

はつこいにさようなら

戸田環紀

イラスト：**小椋ムク**

本体価格870円+税

研修医の恵那千尋は、高校で出会った速水総一に十年間想いを寄せていたが、彼の結婚が決まり失恋してしまう。そんな傷心の折、総一の弟の修司に出会い、ある悩みを打ち明けられる。高校三年生の修司は、快活な総一と違い寡黙で控えめだったが、素直で優しく、有能なバレーボール選手として将来を嘱望されていた。相談に乗ったことをきっかけに毎週末修司と顔を合わせるようになったが、総一にそっくりな容貌にたびたび恵那の心は掻き乱され、忘れなくてはいけない恋心をいつまでも燻らせることとなった。修司との時間は今だけだ——。そう思っていた恵那だが、修司から「どうしたらいいのか分からないくらい貴方が好きです」と告白され…？

恋を知った神さまは《こいをしったかみさまは》

朝霞月子

イラスト：カワイチハル

本体価格870円+税

人里離れた山奥に存在する、神々が暮らす場所"津和の里"。小さな命を全うし、神に転生したばかりのリス・志摩は里のはずれで倒れていたところを、里の医者・櫨禅に助けられ、快復するまで里で面倒をみてもらうことになった。包み込むような安心感を与えてくれる櫨禅と過ごすうち、志摩は次第に、恩人への親愛を越えた淡い恋心を抱くようになっていく。しかし、櫨禅の側には、彼に密かに想いを寄せる昔馴染みの美しい神・千世がいて…？

リンクスロマンス大好評発売中

夜の男《よるのおとこ》

あさひ木葉

イラスト：東野 海

本体価格870円+税

暴力団組長の息子として生まれた、華やかな美貌の深川晶。家には代々、花韻と名乗る吸血鬼が住み着いており、力を貸してほしい時には契と名付けられる「生贄」を捧げれば、組は守られると言われていた。実際に、花韻は決して年をとることもなく、晶が幼い頃からずっと家にいた。そんな中、晶の長兄である保が対立する組織に殺されたことがきっかけで、それまで途絶えていた花韻への貢ぎ物が再開され、契と改名させられた晶が花韻に与えられることになった。花韻の愛玩具として屋敷の別棟で暮らすことになった契は彼に犯され、さらには吸血の快感にあらがうこともできず絶望するが…。

犬神さま、躾け中。

いぬがみさま、しつけちゅう。

茜花らら
イラスト：日野ガラス

本体価格870円+税

高校生の神尾和音は、幼いころから身体が弱く幼馴染みでお隣に住む犬養志紀に頼り切って生きてきた。そんなある日、突然和音にケモミミとしっぽが生えてしまう。驚いて学校から逃げ帰った和音だったが、追いかけてきた志紀に見つかり、和音と志紀の家の秘密を知らされる。なんと、和音は獣人である犬神の一族で、志紀の一族はその神に仕え、神官のように代々神尾家を支える一族だという。驚いた和音に、志紀はさらに追い討ちをかけてきた。あろうことか「犬は躾けないとな」と、和音に首輪をはめてきて…!?

リンクスロマンス大好評発売中

約束の赤い糸

やくそくのあかいいと

真先ゆみ
イラスト：陵クミコ

本体価格870円+税

デザイン会社の社員である朔也は、年上の上司・室生と付き合って二年ちかくになるが、ある日出席したパーティで思わぬ人物に再会する。その相手とは、大学時代の同級生であり、かつて苦い別れ方をした恋人・敦之だった。無口で無愛想なぶん人に誤解されやすい敦之が、建築家として真摯に仕事に取り組む姿を見て、閉じ込めたはずの恋心がよみがえるのを感じる朔也。過去を忘れるためとは言え、別の男と付き合った自分にその資格はないと悩む朔也だが、敦之に「もう一度、おまえを好きになっていいか」と告げられて…。

LYNX ROMANCE

小説原稿募集

リンクスロマンスではオリジナル作品の原稿を随時募集いたします。

募集作品

リンクスロマンスの読者を対象にした商業誌未発表のオリジナル作品。
（商業誌未発表のオリジナル作品であれば、同人誌・サイト発表作も受付可）

募集要項

＜応募資格＞
年齢・性別・プロ・アマ問いません。

＜原稿枚数＞
４５文字×１７行（１枚）の縦書き原稿、２００枚以上２４０枚以内。
※印刷形式は自由。ただしＡ４用紙を使用のこと。
※手書き、感熱紙不可。
※原稿には必ずノンブル（通し番号）を入れてください。

＜応募上の注意＞
◆原稿の１枚目には、作品のタイトル、ペンネーム、住所、氏名、年齢、電話番号、メールアドレス、投稿（掲載）歴を添付してください。
◆２枚目には、作品のあらすじ（４００字～８００字程度）を添付してください。
◆未完の作品（続きものなど）、他誌との二重投稿作品は受付不可です。
◆原稿は返却いたしませんので、必要な方はコピー等の控えをお取りください。
◆１作品につき、ひとつの封筒でご応募ください。

＜採用のお知らせ＞
◆採用の場合のみ、原稿到着後6カ月以内に編集部よりご連絡いたします。
◆優れた作品は、リンクスロマンスより発行させていただきます。
原稿料は、当社既定の印税でのお支払いになります。
◆選考に関するお電話やメールでのお問い合わせはご遠慮ください。

宛先

〒151-0051
東京都渋谷区千駄ヶ谷４−９−７
株式会社　幻冬舎コミックス
「リンクスロマンス　小説原稿募集」係

LYNX ROMANCE イラストレーター募集

リンクスロマンスでは、イラストレーターを随時募集いたします。

リンクスロマンスから任意の作品を選び、作品に合わせた
模写ではないオリジナルのイラスト（下記各1点以上）を描いてご応募ください。
モノクロイラストは、新書の挿絵箇所以外でも構いませんので、
好きなシーンを選んで描いてください。

1 表紙用 カラーイラスト

2 モノクロイラスト（人物全身・背景の入ったもの）

3 モノクロイラスト（人物アップ）

4 モノクロイラスト（キス・Hシーン）

募集要項

＜応募資格＞

年齢・性別・プロ・アマ問いません。

＜原稿のサイズおよび形式＞

◆Ａ４またはＢ４サイズの市販の原稿用紙を使用してください。
◆データ原稿の場合は、Photoshop（Ver.5.0 以降）形式でＣＤ－Ｒに保存し、
出力見本をつけてご応募ください。

＜応募上の注意＞

◆応募イラストの元としたリンクスロマンスのタイトル、
あなたの住所、氏名、ペンネーム、年齢、電話番号、メールアドレス、
投稿歴、受賞歴を記載した紙を添付してください（書式自由）。
◆作品返却を希望する場合は、応募封筒の表に「返却希望」と明記し、
返却希望先の住所・氏名を記入して
返送分の切手を貼った返信用封筒を同封してください。

＜採用のお知らせ＞

◆採用の場合のみ、６カ月以内に編集部よりご連絡いたします。
◆選考に関するお電話やメールでのお問い合わせはご遠慮ください。

宛先

〒151-0051 東京都渋谷区千駄ヶ谷４−９−７
株式会社　幻冬舎コミックス
「リンクスロマンス　イラストレーター募集」係

この本を読んでの
ご意見・ご感想を
お寄せ下さい。

〒151-0051
東京都渋谷区千駄ヶ谷4-9-7
(株)幻冬舎コミックス　リンクス編集部
「宮本《みやもと》れん先生」係／「北沢《きたざわ》きょう先生」係

リンクス ロマンス

飴色恋膳

2016年9月30日　第1刷発行

著者……………宮本《みやもと》れん
発行人…………石原正康
発行元…………株式会社　幻冬舎コミックス
〒151-0051　東京都渋谷区千駄ヶ谷4-9-7
TEL 03-5411-6431（編集）
発売元…………株式会社　幻冬舎
〒151-0051　東京都渋谷区千駄ヶ谷4-9-7
TEL 03-5411-6222（営業）
振替00120-8-767643
印刷・製本所…株式会社　光邦
検印廃止

万一、落丁乱丁のある場合は送料当社負担でお取替致します。幻冬舎宛にお送り下さい。本書の一部あるいは全部を無断で複写複製（デジタルデータ化も含みます）、放送、データ配信等をすることは、法律で認められた場合を除き、著作権の侵害となります。定価はカバーに表示してあります。

©MIYAMOTO REN, GENTOSHA COMICS 2016
ISBN978-4-344-83798-0 C0293
Printed in Japan

幻冬舎コミックスホームページ　http://www.gentosha-comics.net

本作品はフィクションです。実在の人物・団体・事件などには関係ありません。